いつか僕らが消えても、この物語が先輩の本棚にあったなら

永菜葉一

エピローグⅠ
未来の話
007

第一章
柊海人(ひいらぎかいと)のプロローグ
010

第二章
天谷浩太(あまやこうた)のプロローグ
090

エピローグⅡ
未来の私はかつて想(おも)う
150

第三章
持たざる者の戦い
157

第四章
いつか君に僕の物語が届くように
208

エピローグⅢ
そして、また春がくる
269

あとがき
289

口絵・本文イラスト　なび

contents

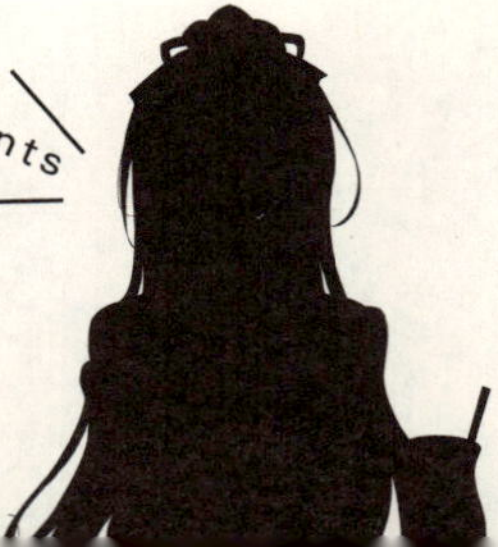

エピローグⅠ　未来の話

「――新人作家の皆さん、戦場へようこそ」

取締役社長のそんな挨拶から始まったのは、出版社の新春パーティー。

場所は東京の某グランドホテル、柳眉（りゅうび）の間。

輝くシャンデリアの下、ブッフェスタイルの丸テーブルが列を成し、贅（ぜい）を尽くした料理が並んでいる。

それぞれのグラスを手にして、壇上の取締役社長を見ているのは、数百人の作家たち。

スーツやドレスで正装している者もいれば、ジーンズにTシャツというラフな格好の者もおり、なかにはアニメのコスプレ姿の者もいて、出で立ち（いでたち）は様々だ。

そのなかで前列の十数人は胸に薔薇（ばら）章をつけている。

今年、新人賞を受賞した新人作家たちだ。

取締役社長の最初の一言は彼らに向けたものだった。

けれどその言葉に大きなリアクションを返したのは新人作家たちではなく、フロア側の既存の作家たち。

戦場へようこそ。

そのフレーズで会場中に盛大な笑いが起こった。

まったくだ、ここは砲煙弾雨（ほうえんだんう）な戦場以外の何物でもない。

誰もがそう思い、肩を揺らした。なかには笑い過ぎて涙を浮かべる者もいる。

その作家もご多分に漏（も）れず、深い苦笑を浮かべていた。

二十代の若い作家だ。年相応（としそうおう）のシングルスーツを着て、手にはシャンパンのグラスを持っている。

しかし彼が苦笑した理由はまわりとは少し違っていた。

もちろん言（い）い得（え）て妙な挨拶に感じ入ったこともあるが、それ以上に……昔のことを思い出したからだ。

「良い表情ね。ウチのパパの挨拶は琴線（きんせん）に触れたかしら？」

隣にいる先輩作家がこちらの様子に気づき、顔を覗（のぞ）き込（こ）んできた。

燃えるような赤い髪の女性。着ているのは髪と同じく鮮烈（せんれつ）な赤のドレス。ウチのパパという言葉が示す通り、彼女は取締役社長の娘だった。

作家は肩を竦（すく）めて返事の代わりにした。

すると彼女はニヤリと笑って、グラスをぶつけてきた。キン、と涼しげな音が響く。

「乾杯。今、ここにいるキミと——かつてここを目指した彼に、ね」

勝手に乾杯し、彼女はそのままカクテルを飲み干す。取締役社長の挨拶はまだ続いてい呆れたが、とくに注意をすることはせず……彼は軽く瞼を閉じた。
るというのに。

今ここにいる、自分。
かつてここを目指した、彼。
先輩作家の言葉で懐かしい記憶が蘇ってくる。
……もう遠いあの日、二人の少年がこの戦場を目指していた。
一方は辿り着き、今ここにいる。
もう一方は道半ばで筆を折り、遠いところへいってしまった。
「……乾杯」
輝くシャンデリアの下、小さくつぶやいて、ある作家はグラスを揺らした。
そして思い出す。
何もないことが苦しくて。
胸が焼き焦がれるほど何かになりたくて。
溺れるようにもがいていた、懐かしい葉桜の時代を――。

第一章　柊海人のプロローグ

中学二年の秋。

その日は早朝から雨が降り続いていた。身を切るような冷たい秋雨だった。

夜が明けるか明けないかという時間帯。まだ暗い闇のなかを柊海人は配達所の自転車で走っていた。前と後ろのかごには大量の新聞がビニールに包まれて載せられている。

海人は朝夕、新聞配達のアルバイトをしている。学校や役所の許可は取ってあり、中学生ながらに労働の許可が下りるような家庭環境だった。

今も頬には大きな青あざがあって、服の下にはあちこち打ち身やすり傷がある。つい昨日できた傷もあれば、ずっと以前からのものもあった。

降りしきる雨。生傷の痛み。学校と労働の両立。日々を生きることは拷問に等しい。

さらに今日の海人は高熱を出していた。頭は朦朧とし、レインコート越しに打ち付ける雨が容赦なく体温を奪っていく。そして長い坂道を下りきったところで——ふいに前輪が小石を踏んだ。

ハンドルが勝手に曲がり、熱で鈍った反射神経ではとっさに制御しきれなかった。視界が反転し、天と地が逆になる。

体が自転車から投げ出されていた。すぐに背中に鈍い衝撃を感じ、アスファルトの地面に倒れる。同時に大量の新聞紙が宙を舞った。

まるで花開くように灰色の紙が咲き乱れ、直後に雨粒に打たれて落ちていく。そんな様を見ていて、無意識に笑い声がこぼれた。

「……はは」

なんなんだ、この状況は。

なんなんだ、俺の人生は。

まるで喜劇だ。

耐えて、耐えて、耐え続けても、その先に救いはやってこない。

クソ親父(おやじ)は無職の飲んだくれ。いつかまともになるだろうと信じていたのに、結局そんな日はやってこない。

出ていった母親は近々別の男と再婚するらしい。いつか迎えにきてくれると信じていたのに、結局そんな日はやってこない。

配達所の仕事だって、いつか社員になるために黙々と働き続けていたら、いつの間にか社員の倍のノルマを課されている。

笑えた。心底、笑えた。

もうどうでもいいと思えるほどに。

「もう疲れた……」

白い吐息をはき、凍えるようにつぶやいた。

すると、その時だ。

ふいに視界が遮られた。

それは、傘。

冷たい雨から守るように、半透明のビニール傘が差し向けられていた。

「……キミ、大丈夫？　目の前でこんなに盛大に転んだ人を見たのは初めてよ。どこかぶつけた？　救急車呼ぶ？」

そんな声と共に、若い女が上下逆さまの視界に顔を出した。

燃えるような赤い髪。切れ長の瞳は鋭く、恐ろしいほど顔立ちが整っている。しかし表情には妙に愛嬌があって、親近感を抱かせる雰囲気が漂っていた。

着ているのはブレザーの制服。すぐ近くの高校のものだった。

「放っといてくれ……」

もう誰にも関わりたくない。紫色になった唇を開いて拒絶する。

途端、女は瞬きをし、なぜかその瞳に興味の色が灯った。

「でもキミ、なんか顔色悪いし、熱があるでしょう？　怪我はないとしてもこんな寒空の下で水浸しの地面に寝てたら死んじゃうわよ？」

「………」

かもしれない。もうレインコートの下まで水浸しだ。だが……。

「それもいいかもな……」

自暴自棄な気分でつぶやいた。

「へえ？」

女はじっとこちらを見つめた。念を押すように尋ねてくる。

「死んでもいい、とキミはそう言っているの？」

先ほどとは打って変わって、声から心配の気配が消えていた。純粋に確認するかのような物言いだった。

だからかもしれない。善意からの言葉なんて、今さら真っ直ぐ受け入れられない。けれど女の声には優しさの匂いなど微塵もなくて、それが逆に心地良かった。つい正直に答えてしまう。

「……もう疲れたんだ。これで終われるのなら終わってしまいたい。俺は……」

弱音がこぼれる。

「もう死にたい……」

「そう」

突然、傘が宙を舞った。再び雨が顔を打つ。

燃えるような髪が視界のなかで軽やかに舞った。まるで世界を覆うように強く激しく。

直後、いきなり胸倉を掴(つか)まれた。捩(ね)じるように無理やり引き起こされ、唖然(あぜん)とする間もなく、女が顔を寄せてくる。

まるで獲物を見つけた肉食獣のような目。口元には場違いなほど鮮やかな笑み。

女は言った。

まるで舞台女優のように美しく、朗々と。

「祝福するわ、キミには才能がある！」

「は……？」

ワケが分からなかった。

傘を投げ捨てた女はこちらと同じように容赦なく雨に打たれている。けれど厭(いと)う様子はなく、自分の胸元に勢いよく手を当てた。

「私は彩峰(あやみね)高校、文芸部・部長、神楽坂朱音(かぐらざかあかね)！」

高校の……文芸部？

やはり近所の高校だった。それも海人(かいと)の中学校の付属高校だ。だがそれが何だというのだろう。いきなりの名乗りに唖然としているうちに女——神楽坂朱音はさらに続けた。

「名も知らぬキミに私は言う。死にたいのなら小説を書け！」

次の瞬間だ。

突然、雲に切れ間が生まれた。

光が差し込む。

鮮烈（せんれつ）な強い光が。

眩（まばゆ）い輝きを反射し、髪だけではなく、目の前の瞳まで燃えているように見えた。美しい顔に勢いよく近づかれ、思いきり怯（ひる）んだ。

「な、何言ってんだ、あんた……っ」

声が上擦る。

「死にたいって言ってる奴（やつ）にいきなり……小説？　ワケが分からねぇよ。頭おかしいのかよ……!?」

「おかしくない。おかしいのは、キミを死にたいだなんて思わせている世界の方よ！」

「……っ」

一瞬。

ほんの一瞬。

呼吸が止まりそうになった。

それは心のどこかで求めていた言葉だったから。

お前が悪いんじゃない——と、その一言をずっと誰かに言ってほしかった。

だからつい耳を貸してしまった。

神楽坂朱音は言う。謡うように、心の琴線に触れるように。

「大丈夫、キミは書けるわ。だって」

すっと手が伸びてきて、指先が冷たい頬に触れる。

「死にたいなんて思うほど、追い詰められてしまったひとりの人間……その人生観がつまらないもののはずがないでしょう？」

だから安心しなさい、と神楽坂朱音は微笑む。

曇天から差す光の下、向けられた笑みは慈愛溢れる聖母のように見えた。

「さあ立ち上がる時よ、少年」

勢いよく体を起こし、朱音がこちらへ手を伸ばす。

まだ雨は止まない。それでも雲間からははっきりと光が差し込み、二人を照らしている。

まるで自然のスポットライトのなかにいるように。

雨粒のきらめきのなか、自信に満ちた女が笑っている。

炎のような髪をなびかせて。

美しい天の光を浴びながら。

右手をこちらへ差し向けて。

神楽坂朱音は繰り返す。

「名も知らぬキミに私は言う。死にたいのなら小説を書け」

まるで物語の導き手のように。

「世界がキミを拒んでも、物語はキミを待っている！」

気づけば、その手を握っていた。

触れた手のひらは熱く、強く、力任せに海人を引っ張り上げる。

それは中学二年の秋のこと。

柊海人は神楽坂朱音に出逢い、そして——物語に出逢った。

雨音はいつしか遠くなっていた。

電灯のついていない室内は薄暗く、カーテンを開いてもまだ影の色が濃い。よく見通せない部屋で目を細めると、赤い髪だけがゆらゆらと陽炎のように揺れていた。

その揺らめきがそばに近寄ってくる。

「はい、タオル。ちゃんと拭きなさい。それ以上、風邪がひどくなったら大変よ」

「あ、ああ……どうも」

何かのロゴが入ったタオルを差し出され、海人は素直に受け取った。

「あとレインコートも脱ぎなさい。そんなの着てたら体拭けないでしょう？」

「ああ……分かった」

重たい体をどうにか動かし、言われた通りにレインコートを脱ぐ。熱で頭が鈍っているせいか、逆らう気力が起きなかった。

着ているのは中学の制服のワイシャツだ。学ランだけ配達所に置いておき、晴れの日は指定のジャンパーを、雨の日はレインコートを羽織る。

胸元のボタンを外して拭いていると、今度はマグカップが差し出された。温かそうな白い湯気が上っている。

「ココアで良かった？　一応、コーヒーと紅茶もあるけど、こういう時は甘い物の方がいいかと思って」

「……わりぃ。助かる」

本当はあまり甘い物は得意ではなかったが、ここまでしてもらってそんなことも言えない。まだ湿気の取れない頭にタオルを置き、マグカップを受け取った。思いのほか、甘味が心地いい。ぼんやりした頭が多少ははっきりしてきた。

ここは配達所のそばにある、県立彩峰（あやみね）高等学校。グラウンドの敷地内に建っている、プレハブ校舎の一室だ。どうやら部室専用の建物らしく、扉には『文芸部、彩峰荘（あやみねそう）。部員募集中！』という張り紙があった。

雨のなかで引っ張り起こされた後、海人は神楽坂朱音に『とりあえず雨宿りできるところにいきましょ』と言われ、ここに連れてこられた。

彩峰中学と違って、高校には部室だけが入った建物があるらしい。別世界にきたような気分だが、居心地の悪さを感じないのは、薄暗くてよく見えないおかげだろうか。

窓際では神楽坂朱音がテーブルに座り、こちらと同じくタオルで髪を拭きながらスマートフォンをいじっている。

「キミの働いてるところって、交差点の先の新聞配達所よね？　連絡しといてあげたから安心なさい。他の配達員さんが残りの新聞は配っといてくれるって」

「……は？」

いきなり意外なことを言われ、目を瞬いた。

「キミの方にも連絡がいってるはずよ。見てみたら？」

「連絡って……」

ズボンのポケットに手を突っ込み、支給品の連絡用スマホを取り出す。どうやら壊れてはいないようだ。見れば、本当に所長から『神楽坂の御嬢さんに失礼のないように！』とメッセージが入っていた。未配達の家を教えるようにとも書かれていて、慌てて返信を打つ。

しかし驚いた。いつも『欠勤するような奴は人間じゃない』みたいなことを言っている所長なのに戻ってこいとは言わず、しかも未配達の家のフォローまでしてくれるなんて。

神楽坂の御嬢さん、という単語をもう一度見て、顔を上げる。

「あんた、何者なんだ……？」

「朱音お姉さん」

「は？」

「『あんた』じゃ味気ないでしょ？　だから『朱音お姉さん』って呼んでくれていいわよ、中学生クン？」

にやりと口角を上げて、高校生がハードな要求をしてくる。

勘弁してほしい。他人を『お姉さん』なんて呼ぶガラじゃない。

「……俺の名前は柊(ひいらぎ) 海人だ」

「お、自分から名乗るなんて偉いわね。感心感心」

「ここは……朱音の部が使ってる部室なのか？」

会話の流れのなかでさりげなく妥協案を提示してみた。中学生が高校生を呼び捨てにするのは生意気かもしれないが……意外にも逆に面白がられた。

「あら、大胆。普通に『さん』付けでくるかと思ったら、まさかの呼び捨てなんて。ませてるわねー」

ニヤニヤ笑いをされ、目を逸(そ)らす。

「苦手なんだよ。敬語とかそういうのは……」

なんせ育ちが悪いからな。そんな自嘲を飲み込むと、涼しげな笑い声が聞こえてきた。

「面白いわね、キミ。オッケー、許可してあげる。朱音(あかね)でいいわよ。この私を呼び捨てに出来るのなんてウチのパパくらいなんだから光栄に思いなさいね、海人(かいと)クン」

……君付けされるのもガラじゃないが、そこまで文句は言えなかった。

赤毛の高校生——朱音はテーブルから下り、軽く手を広げてみせる。

「お察しの通り、ここは我が文芸部、通称『彩峰荘(あやみねそう)』の部室よ。そして私は部長さん。一年生で部長を任されるのは長い彩峰荘の歴史でも初らしいわ。これ、ちょっと自慢ね」

腰に手を当てて、胸を張る。……もともとサイズのでかそうな胸が強調されてすごいことになっていた。

というか、一年生だったのか。態度が大きいから三年生ぐらいだと思っていた。まあ、高一でもこっちからすると二個上なので、態度がでかくても当然だが。

「我が彩峰荘は季節ごとに冊子を発行しているの。今年の夏のが確かその辺に……あ、それそれ」

見ると、足元に冊子が山積みになっていた。印刷したコピー用紙を業務用のホチキスで閉じたような本だ。手に取ってみると、朱音が説明しながらこっちにくる。

「基本は部内用だけど、内容のクオリティによっては外部のイベントで配布することもあるわ。私が書いた原稿も収録してあるから読んでいいわよ」

促され、ぺらぺらとめくってみた。ページが二段組みになっていて、ぱっと見でもかなりの文章量があるように思える。よくは分からないが、原稿用紙で言うと何十枚分もあるんじゃないだろうか。

「えっとねー、うん、そのページからよ。茜沢神楽って書いてあるでしょ？　それ、私のペンネーム」

「ペン、ネーム……？」

若干、引いた。背筋も寒くなった。本物の作家や漫画家ならともかくただの高校生がペンネームって。……しかし部外者が言うのも野暮なのだろう。高校の文芸部という世界では普通のことなのかもしれない。

こちらが持っている冊子を覗き込み、朱音がページをめくりながら説明してくる。

「普段の活動はもちろん原稿の執筆よ。各々、書きたいものを自由に書いて、展開や表現に迷った時は誰かに相談するのも自由。部員全員の意見を大々的に聞きたい時は、会議を開いて意見を募ったりもするわ。あとは書き上がった作品の評論会もやるわね。これがまた毎回紛糾して面白いんだけど……まあ、この辺りの活動内容は今はいいでしょう。新入生ならともかく、海人クンはまだ中学生だしね」

まったくだ。いきなり部活動の説明をされてもこっちは戸惑ってしまう。

あと距離が近い。朱音は横からぴったり寄り添うように冊子を覗き込んでいる。制服越しの体温が伝わってきて、非常に落ち着かない。

「あのね、海人クン」

耳のそばで囁くような声。しかし続く言葉は色っぽいものではまったくなかった。

「私は自分のまわりに才能豊かな人材を揃えたいの」

「才能豊かな人材……？」

朱音は「そうよ」と頷く。

「遥かな高みへ上るには、共に切磋琢磨する仲間が必要。環境も才能だというのなら、私はその環境も揃えてみせる。なんだってするわ。一年生で部長の大任もこなすし、私物の資料を持ち込んで部室を本の海にもするし、さらには――」

トン、と細い指に胸を叩かれた。

「これはと見込んだ中学生のスカウトだってする」

真っ直ぐな瞳が見つめてくる。

「柊 海人クン。小説を書きなさい。キミならきっと唯一無二の珠玉の一作が書けるわ」

熱烈に手を握られた。「お、おい……っ」と慌てて振りほどき、持っていた冊子が床に落ちる。それを拾い上げ、朱音はさらに語る。

「もちろん他の当てがあるのなら、別の創作物だっていいとは思う。漫画だって面白いし、音楽だって素敵よね。でも私は強く小説を勧めたい。絵を描けなくても日本語なら書けるでしょう？　楽器を弾けなくても文章なら綴れるでしょう？　だから小説を書きなさい。他の誰でもない、キミが書くの！」

「ちょ、ちょっと待ってくれ。なんとなく流れでついてきちまったけど、俺は小説なんて書いたことないし、書ける気もしない。金のない、ただの貧乏学生なんだぞ？」

「書き方は私が教えてあげる。大丈夫、文章作法なんてただの器よ。大事なのはそこにどんな魂を込めるかだわ。その魂の在り処に誰もが悩み、迷い、苦しむの。でもキミはすでに持っている。物語に込めるべき、自分の魂をね。死を望むほどの苦悩を原稿に叩きつけてやりなさい。キミなら出来るわ！」

「そんなこと言われても……」

　ぐいぐいと迫ってこられ、気を抜くと熱量に飲み込まれてしまいそうだった。まるで生きる炎だ。神楽坂朱音はそこにいるだけで周囲を焦がすのかもしれない。

「たとえば、俺がお前の言う通りにしたとして……それでなんになるんだよ？」

　戸惑いつつ、断るための言葉を探り探りで口にする。

「俺には……金が必要なんだ。父親が飲んだくれのクズで、妹を食わせてやらなきゃならないし、出来るならちゃんと進学もさせてやりたい。趣味で何かやる暇なんてないんだ」

「そっか、中学生で新聞配達してるくらいだもの、キミにも事情はあるわよね。でもだったら尚のことよ」

一度振り払った手を再び握られた。腕を引こうとしたが、強い力でぎゅっと握り締められる。

「海人クン自身は今のままでいいの？」

「俺自身？」

「そうよ。妹さんのために頑張るのは立派だわ。正直、尊敬もする。でもキミ自身が夢をみたっていいはずよ。まだ中学生なんだから」

赤い前髪が揺れ、きれいな顔がさらに近づく。

「それにもしもプロの小説家になれれば、一気に道が拓けると思うの。作品が売れて、重版して、アニメ化でもすれば、お金なんて浴びるほど手に入るのよ」

「浴びるほど……？」

思わず反芻してしまったが、そんな虫のいい話があるわけない。しかし朱音の真剣な目を見ていると、もしかしたら、と思ってしまいそうになる。

「体調がよくなったらまたここにきなさい。放課後……は部活があるから、そうね、昼休みがいいわ。グラウンドからの抜け道を教えてあげる。そこから私に逢いにきなさい。みっちり小説の書き方を叩き込んであげるから」

握った手が組み替えられ、小指と小指が絡み合う。

「約束よ？」

一方的にそう言い、朱音(あかね)は子供のような顔で無邪気に微笑(ほほえ)んだ。

彩峰(あやみね)中学と彩峰高校は隣接し、その周囲には住宅街が広がっている。街並みを抜けて、三十分ほど歩いた先に海人(かいと)の家はあった。

老朽化が著しい、古い市営住宅だ。いくつかの平屋が並んでいて、どこも塗装の剥(は)げた箇所や錆(さび)が目立つ。

海人は雑草だらけの地面を踏みしめ、敷地を横切っていく。家は一番西側の平屋だ。

神楽坂(かぐらざか)朱音に出逢(であ)ってから二日後、どうにか体調も持ち直して、今日は学校にいき、夕刊の配達もしてきた。

自転車は配達所に置いてくる決まりなので、行き帰りは徒歩になる。地味に距離があるので面倒なのだが、これぱっかりは仕方ない。

柊(ひいらぎ)海人の一日は目まぐるしく過ぎていく。

朝早くから配達所に向かい、朝刊を配って、それが終われば中学に登校。放課後は全力疾走で配達所に戻り、夕刊を配達。その後、ようやく家に帰り、一息ついて眠ると、もう出所の時間になっている。

学校に友人らしい友人はいない。生傷の絶えない姿が浮いている上、もともと無愛想なせいか、いつの間にか嫌われ者という立ち位置になっていた。ふとした時に嫌味や陰口が聞こえてくることなんてしょっちゅうだ。だが別に構いやしない。同級生に嫌われたところで死ぬわけではないのだから。ぼっち万歳だ。

無機質に、そして無感動に労働という義務をこなし続ける。それが海人の日々だった。

表札の『柊』という字が見えるところまでくると、台所の灯かりが点いているのが見えた。この灯かりは好きだ。どこかほっとした気持ちになる。肩の力を抜いて、玄関のドアノブを回した。

「ただいま」

一声掛けると、すぐに明るい返事が聞こえてきた。

「あ、おかりなさい、お兄ちゃん！」

間取りは1DKで玄関のすぐ横が台所になっている。そこに大きなリボンをつけた少女がいた。

海人の妹、柊澪だ。

まだ小学生で背は小さく、踏み台を使って台所に立っている。不愛想な兄と違い、めいっぱい愛嬌があり、くりっとした目が可愛らしい。

柊家では海人が朝夕の配達で時間を取られているため、家事の大半は小学生の澪が担っていた。今はピンクのエプロンをつけ、夕飯の支度をしている。

また兄と同じく、澪（みお）にもあちこちに傷がある。痣（あざ）になるほどのものはないが、すり傷や切り傷が目立ち、ネコの柄の絆創膏（ばんそうこう）を頬（ほお）につけていた。

靴を脱ぎ、仕事用のリュックを脇に置いて、海人（かいと）は居間の方へ目を向ける。

「あいつは？」

「お父さんならまだ帰ってきてないよ。今日は帰ってこないかも。朝、競馬場で鉄板のレースがあるって言ってたから」

「そうか」

この時間まで帰ってないということは競馬に勝ったのだろう。今ごろ、場末の居酒屋で盛大に飲み明かしているに違いない。願ってもないことだ。こっちに生活費が入るわけではないが、負けて帰って暴れられるよりは百倍いい。

「お兄ちゃん、ちょっと待って。今、火止めるから」

せいせいした気持ちで風呂場に向かおうとしたら、澪がコンロのつまみを捻（ひね）って、踏み台から下りた。

小走りに駆け寄ってきて、目の前で両手を開く。

「はい、おかえりなさいのぎゅー、しよ？」

「風呂上がってからじゃ駄目か？」

「だーめ。お風呂入った後だと、お兄ちゃん、すぐご飯食べ始めちゃうもん。澪は誤魔化されないよ。ぎゅーして、ぎゅーっ」

「いつまで経っても甘えん坊だな」

だがまだ小学生なのだから当たり前と言えば当たり前だ。膝を折って「ほら」と両手を開く。間髪入れず、澪が腕のなかに飛び込んできた。

「ぎゅーっ」

言葉通り、小さな体でめいっぱい抱き着いてくる。頬と頬が触れ合い、囁き声が聞こえてきた。

「いつもお仕事頑張ってくれてありがとう。お兄ちゃんのおかげで澪は今日も元気でいられます」

「気にすんな。妹のために励むのは兄貴の務めだ」

そう返事をし、抱き締め返した。

いつからか澪が始めた、兄妹の挨拶だ。父親がいる時は余裕がなくて出来ないが、今日のように家のなかが平和な時はこうして互いの存在を確かめ合う。

この家に母親はいない。何年も前に子供を捨てて出ていった。澪なんて最初の頃は離婚の意味が分からず、毎日、母親恋しさに泣いていた。

世界は残酷だ。簡単に子供を拒む。救いなんて訪れない。

「すぐご飯出来るから、お兄ちゃんも早くお風呂出てね。一緒に食べよ」

「ああ、分かった」

さっさと風呂を済ませて居間に戻ると、もうちゃぶ台に夕飯が並んでいた。

なんとか栄養は足りているというぐらいの質素なメニュー。育ち盛りにはやや物足りないが贅沢（ぜいたく）は敵だ。

手を合わせて一緒に食べ始めると、程なくして味噌汁（みそしる）のお椀（わん）を傾けつつ、澪が口を開いた。

「あ。ねえねえ、お兄ちゃん。そういえば……」

「んー、なんだ？」

「お兄ちゃんが悪い女の人にたぶらかされてるって本当？」

盛大にむせた。味噌汁がダイレクトに気管に入った。危うくちゃぶ台にぶちまけるところだった。

「な、な、どういう意味なんだ!?」

心当たりがまったくない。友人もいないというのに女の影などあるはずない。兄としては若干情けないが、それが事実だ。

しかし澪はお椀の向こうからじとーっと見つめてくる。

「学校の友達が教えてくれたの。月曜日の朝、お兄ちゃんっぽい人が彩峰（あやみね）高校の『赤髪の女王』と一緒に歩いてたって！」

「げ、月曜日の朝……？」

それは朱音と出逢った雨の日だ。高校の部室校舎に雨宿りで連れていかれたし、出る時も朱音と一緒に出たので、確かに一緒に歩きはしていた。しかし……。

「赤髪の女王って、なんなんだ、そのキワモノっぽいフレーズは……」

「お兄ちゃん、知らないの？」

目を丸くして驚かれた。

「丘の上のお屋敷に住んでる、神楽坂家の御嬢さんのことだよ。すっごい美人で、すっごい怖くて、ぜったい誰も逆らえないって有名だよっ」

「丘の上の……？　ああ……」

配達している時、住宅街の真ん中に一際立派な屋敷があることには気づいていた。社員によると地元の名士の家ということだったが、あれが『神楽坂の御嬢さん』の家なのだろう。所長が妙に恐縮していた理由が分かった気がする。

「安心しろ、澪。兄ちゃんはたぶらかされたりしてないから」

「え、待って。じゃあ知り合いではあるの？　月曜日ってお兄ちゃんが熱出しちゃった日だよね？」

「あー……」

知り合いか……まあ、名前は知ってはいるが……。

答えに窮して味噌汁を啜っていると、ふいに澪がずいっと身を乗り出してきた。

「もしかしてお兄ちゃん、『赤髪の女王』さんと付き合ってるの!?」

盛大にむせた。二回目だ。今度こそちゃぶ台にぶちまけるところだった。

「澪、心配だよ。『赤髪の女王』さんって生徒会の偉い人を脅して部長になったり、文化祭でメイドさんの格好して本を売ろうとしたり、先生たちも手を付けられないぐらい滅茶苦茶なんだって」

「それは確かに滅茶苦茶だな……」

幼気な妹を心配させるには十分な女王っぷりだ。正直、兄としてもそんな危険人物には極力関わりたくない。けれど……一つだけ、朱音に感謝していることがあるのも事実だった。

それは——澪のことだ。

あの日、冷たい雨に打たれ、高熱にやられ、自転車から転げ落ちて、もう死にたいと思った。澪のことすら頭から抜け落ちて、終わることを願ってしまった。

そこから引き戻してくれたのは他ならぬ朱音だ。その一点については正直、感謝してもしきれないと思っている。そして……。

「なあ、澪」

箸を置き、向かいの妹を見る。

「将来……進学したいよな？」

考えておかなければならないことを朱音は再認識させてくれた。

高校まではきっとなんとか通わせてやれる。自分が中学を卒業してすぐに就職すれば澪の学費ぐらいはおそらく稼げるはずだ。だがその先となると、きっと途端に難しくなってくる。

澪が専門学校や大学に通いたいと思っているなら、今のうちから真剣に考えなければいけない。どうにかして学費を稼いでやれる方法を。

小学生にはまだまだ早い質問かもしれない。だが柊家の子供たちはいつも現実を直視している。思った通り、澪はすぐに答えた。

「澪は……」

幼い瞳が一瞬、タンスの方を見た。しかしすぐにはっとした顔をし、こちらへ視線を戻す。

「澪は進学なんてしないよ。澪、そんなに頭よくないもん」

肩を竦め、どこか大げさなほどの笑みを浮かべる。

「それより中学生になったら澪もお兄ちゃんみたいにちゃんと働くんだ。中学校を卒業したらすぐに就職もするし、そしたら二人で毎日お腹いーっぱいご飯食べようね。澪がデザートのアイスも買ってあげちゃうよっ」

「澪……」

出来過ぎな妹の答えに兄はなんとも困り果てた。「ほら、冷めちゃうよ」と言われて食事を再開しながら、考えを巡らせる。

澪が一瞬見たタンスの上、そこには出ていった母親の写真がある。そのまわりに置いてあるのはオモチャの聴診器やナースキャップ。澪が小さい頃に母親から買ってもらった、思い出の品だ。

母親は看護師をしていて、澪はよくオモチャを身に着けて『大きくなったらお母さんと同じ看護師さんになるのっ』と言っていた。まだ幸せだった頃の思い出。その夢はきっと今も変わらないのだろう。

……出来るなら叶(かな)えさせてやりたい。そのためだったら俺はどんなことだって……。

明けて次の日。

「はーい、それじゃあ朱音さんの、朱音さんによる、海人(かいと)クンのための小説書き方講座、始まり始まりー！」

ドンドンパフパフ、と自分でテンション高めに言って、朱音はタンバリンを鳴らす。いやタンバリンはどっから出てきたんだ、と思っていたらそばの段ボールに色んな楽器が詰まっていた。なんでもありなのか、文芸部ってのは。

つい先ほど、四限目終了のチャイムが鳴ると同時に海人は中学校を抜け出し、隣の高校の敷地に忍び込んだ。あの日、教えられた場所にいくと、フェンスに穴が空いていて、そこを通ってプレハブ校舎に到着。二階にある彩峰荘の部室に入ると、『待っていたわよ！この数日、昼休みの度にずっとね！』と朱音が仁王立ちで待ち構えていた。

最初にきた時は薄暗くてよく見えなかったが、部室は非常に雑然としている。

壁の両側に本棚があり、小説や漫画や雑誌やノウハウ本のようなものがぎっしりと収まっていた。さらには本棚に入りきらない分の本が床に山積みされていて、正直足の踏み場もない。

また段ボール箱がそこかしこにあって、ヘルメットやらオモチャの剣やらコスプレ衣装やら、とにかく用途不明なものがぶち込まれている。丸めたポスターなんかも挿されていて、ちらかり放題の有様だった。

部屋の中央には長テーブルが置いてあり、備え付けのパイプ椅子が何脚もあった。窓際を見ると、テーブルがもう一卓あって、そこには古いブラウン管テレビとゲーム機、あとはノートパソコンが置かれている。

ついでにテーブル横のホワイトボードにはデカデカと『締め切りまであと35日！』と書

かれていた。その横に小さな文字で『もう一週間延びないかなー？』と控えめに書いてあるのだが、大きくバツがされていた。締め切りは延びないものらしい。

現在、海人はパイプ椅子に座らされ、ひとりフィーバー中の朱音を見上げている。

「どうでもいいけど、本当に……大金が入るようになるのか？」

「それはもちろんこれからのキミの頑張り次第よ。お金を稼げるようになるにはプロの小説家にならなきゃいけなくて、プロの小説家になるには何よりもまず小説を書けるようにならなきゃだもの」

「まあ、それはそうだよな……」

無意味なことを訊いてしまった。

昨夜、澪と話してから色々と考え、悩んだ末に結局こうして朱音のところにきてしまった。ここにきたということは学ぶということだ。朱音から、小説の書き方というやつを。

正直、自分でも馬鹿みたいだとは思う。しかし学校の進路相談室でちょっと調べただけでも、澪の将来のためには今の暮らしからは考えられないような大金が必要だった。

もちろん奨学金などもあるらしいが、返済のことを考えると、早い段階から動いておきたい。しかし中学生の自分にはまだまだ出来ることに限界がある。

だから藁にも縋るような思いというか、ひょっとしたら宝くじが当たることもあるかもしれないぐらいの気持ちでやってきた。……のだが、朱音の方はノリノリだ。

「大丈夫よ。道のりは険しいけど、キミには才能がある。お姉さんが保証してあげる♪」

「……そりゃどうも」

任せなさいとばかりに肩を叩かれ、軽くため息。まあ、やってみるだけならタダだし、澪のためだ。ここは割り切って身を任せよう。

「じゃあ、早速始めましょっか。海人クン、ブラインドタッチはできる？」

朱音がテーブルにノートパソコンを置く。てっきり原稿用紙と万年筆みたいなものをイメージしていたが、普通にパソコンを使うらしい。

「……多少なら。授業でやったからな」

もちろん家にはパソコンなんて高価なものはない。しかし時代の流れなのか、授業のなかで使い方を教わる機会はちょこちょこあるので、何かの役に立つかもしれないと思って情報関係の授業は真面目に受けるようにしていた。おかげでキーの位置ぐらいはなんとなく覚えている。

「オッケー。じゃあ、ちょっと書いてみましょうか。はいどうぞ？」

画面にはすでに文書ソフトが立ち上がっていた。

しかしいきなりそんなことを言われても困る。

「どうぞ……って何を書けばいいんだ？」

「なんでもいいわよ？　情景描写でもいいし、心理描写でもいいし、なんなら冒頭からセリフを入れちゃっても可」

「いやいやいや……」

「思いつかないの？　しょうがないわねえ」

「思いつかないって言うか……まあ、それもあるんだが、なんつーか……」

一度はキーボードに向きかけていた手が引っ込んでいく。

「小説……を書くんだよな？　俺は今から……」

そう思うと、にわかに恥ずかしくなってきた。何をやってるんだ俺は、という内なるツッコミが沸々と湧き上がってきて止まらない。

「あー、なるほどなるほど」

朱音はぽんと手を叩いた。

「じゃあ、ちょっぴり方向転換。私が今からキミに簡単な質問をするから、その返事を書いてみて？」

「返事？」

「今日、私の朝食はベイクドエッグと生野菜のサラダ、あとはバナナのスムージーだったわ。海人クンは朝、何を食べた？」

「ああ……」

そういうことか。

朱音の言う朝食とは少し違うかもしれないが、朝刊の配達を済ませた後、素揚げしたパンの耳に塩を振って腹の足しにした。それを書けと言っているのだろう。

ノートパソコンの画面に向き直る。文章の向きは横書き。授業を思い出して指をホームポジションに置き、書き出そうとしてみた。しかし、

「…………」

どうにも指が動かない。やはり変な照れくささがあって躊躇ってしまう。

後ろに立っている朱音が苦笑する。

「恥ずかしくて書けない？」

「……正直、何をやってるんだ俺は、って声が頭に鳴り響いている」

背中越しに、ふふと楽しそうな笑い声。

「最初はみんなそうよ。生まれて初めてペンを執った時ってね、スタートを切るのが一番難しいの。なんかやたらと気恥ずかしくなっちゃうのよねー。思い出すわ、私も初めての時は丸一日ぐらいパソコンの前で固まってたものよ。でも大丈夫、その壁は一回乗り越えちゃえば、あとはもう気にならなくなるから。そして彩峰荘部長の朱音さんは効果的な乗り越え方を知ってるわ」

そう言うと、朱音は壁際の本棚から漫画本を一冊取ってきた。

「今から私が読み上げるセリフを書いてみて？」

「セリフ？　なんで？」

「いいから。『兄さん!?　十年前、七星宮の大崩壊で死んだはずじゃ!?』」

……ワケ分からんセリフだな。

と思ったが、後ろから背中を小突かれ、指を動かした。

――兄さん!?　そんな十年前、七星宮の大崩壊で死んだはずじゃ!?

画面を確認し、朱音が続ける。

「『地獄の底から還（かえ）ってきたのさ。この世界のすべてに復讐（ふくしゅう）するためにな！』」

どうやら兄のセリフらしい。朱音の読み方もノリノリだった。まるで演技部か何かのように声に張りがある。

とりあえず耳で聞いたまま、セリフを打ち込んでいく。さらに朱音が読み上げる。

「『だったら僕が止める！　大好きな兄さんに世界を滅ぼさせたりしない！』」

どういう話なんだ、これは……と思いながら、指を動かしていると、背後で漫画本を閉じる音がした。

「それで海人（かいと）クン、今日の朝は何を食べたの？」

一瞬、ん……と思った。しかし指を動かしていたおかげか、そのままスムーズに書くことができた。

――パンの耳。素揚げして、塩をかけた。

「……どういう食生活をしてるの、キミは？　もしかして蛍の光や雪明かりで暮らしてる時代の人なの？」

「配達の後だからだよ。手間が掛からないものがいいんだ」

引き気味に言われ、ため息交じりに言葉を返した。まあ、それはともかく……。

「……書けたな。さっきは照れくさくて指が動かなかったのに」

「でしょ？」

漫画本でトントンと肩を叩かれる。振り返らなくてもドヤ顔をしているのが伝わってきた。

「最初の照れを乗り越えるコツは、とにかくそれっぽい文章を書いちゃうことよ。手っ取り早いのは既存の作品から借りてきちゃうことね。自分で考えた文章だと恥ずかしくても借り物だったら内なる自分に対して言い訳も立つでしょう？　おススメは耳で聞いたセリフを書きだすことね。脳内で文章に変換するっていう過程を通すおかげで、次から自分の文章を書くハードルも下がるわよ」

……なるほど、と少し感心した。『赤髪の女王』とか呼ばれている変な奴だが、ちゃんと文芸部の部長らしい一面もあるらしい。

「次は何をすればいい？」

「お、やる気出てきたわね。感心感心」

パイプ椅子を引き、朱音(あかね)が隣に座る。

「じゃあここからは書き方講座の実践編。今から私がお題を出してあげるから、それに沿った内容の物語を書いてみて」

「おいおい、いきなり難易度が上がってないか？」

「短いのでいいから。内容も思いついたまま、書き殴っちゃう感じでいいの」

「まあ、そんなんでいいなら……」

「お題はそうねー、『朝、パンの耳を食べた男の子がお昼前にお腹(なか)がすいちゃう話』」

「なんだそりゃ」

「いいからいいから。ほら書いてみて。制限時間は三十分ね」

「時間まで区切るのか？」

「だらだら考えててもしょうがないもの。はい、スタート」

パソコンの時間表示を見て、朱音がパンッと手を叩く。

急な上に反論の余地もなかった。しかし意図らしきものは分かる。パンの耳を食べた男子なんて、まんま今日の自分だ。

要はそれを書いて、最後に物語っぽいオチをつければいいのだろう。だったらなんとかなる気がする。

朝のことを思い出し、おっかなびっくり指を動かしていく。パンの耳は夜のうちに揚げたものにラップをかけてあり、配達から帰った後、塩を振って食べたのだ。その後、畳の上で仮眠を取って登校した。澪が持たせてくれた弁当を早弁しておいたので、別段昼休みの今は空腹ではないが、そんなことまで書く必要はないだろう。お題の通り、腹が減ったことにすればいい。

あとはオチだな……朝食べたのが耳だったから、昼には食パンの白い部分を食った、とかでいいか。話としてオチてない気もするが、まあ書き殴りでいいと言われたし、こんなものだろう。

そうして書き終えた辺りで、ちょうど三十分が経っていた。「時間ね」と言って、隣でハードカバーを読んでいた朱音が本を閉じる。

「色々考え込んでたみたいだけど、手応えはどう?」

「さすがにあるわけないだろ、そんなの」

「まあ、最初はいいのよそれで」

朱音は楽しそうな顔でこちらを向く。

「処女作なんて迷走して当たり前よ。序盤の情景描写を延々しちゃっていつまで経っても物語自体が始まらなかったり、キャラクターがよく分かんない方向に突っ走っちゃって制御不能になっちゃったり、最初から一貫した物語を書き上げられるのなんて、一部の天才だけだから」

「あー、そうなんだろうな……。素人の俺には適当なオチをつけることぐらいしかできなかったよ」

「え？」

ぴたっと朱音の動きが止まる。

「書き上げられたの？」

真顔だった。睨むような目で見つめられ、慌てて否定する。

「馬鹿言うな。書き上げたなんて大層な話じゃねえよ。お前の言った通りにただ書き殴っただけだ」

「ちょっと見せて」

奪い取るようにノートパソコンを手元に引き寄せる。朱音がまず目を向けたのは、文書ソフトの文字数表示。

「三千字……？　たった三十分で？」

驚いたように言われ、逆にこっちは慌ててしまう。

「いや、そんな大げさに言うようなことじゃないだろ……？」

「速筆の書き手ならね。でもキミは違うでしょ？」

こちらを見る視線は妙に厳しい。

「三千字って原稿用紙換算だと七枚半よ。高校生だっていきなり書けって言われて、三十分でそんな枚数はなかなか埋められないわ」

「そういうもんか……？」

原稿用紙なら小学校の作文で何度か使ったが、あの頃はどうだったろう。考えてみるがなかなか思い出せなかった。

「確認するけど、海人クンは今まで小説を書いたことはないのよね？」

「ねえよ。まったくない」

「そう……」

朱音は真剣な顔で文章を読んでいたが、「なるほどね」とつぶやいたかと思うと、突然またこっちを向いた。

「別のお題を出してあげる。続けて二、三作書いてみましょう」

「二、三作？　今のでかなり頭が疲れたんだが……」

脳みその普段使ってないところを使った感じだった。慣れない運動をして、筋肉の変なところが痛くなった時の感覚に近い。正直、しばらく休憩したいくらいだ。

「今よりもっと短いのでいいから。とにかく数が欲しいの。ほら昼休みが終わっちゃう前に早く早く！」

「マジかよ……」

背中を叩かれ、本当に三連続で書かされた。朱音は待っているだけだからいいが、こっちは頭をフル回転させているので非常に堪える。三つ目を書き終えた頃にはもうくたくただった。

「ふーむ……」

ぐったりしているこちらの横で、朱音はパイプ椅子に深く背中を預ける。

「だいたい分かったわ」

「何が分かったって言うんだ……」

「現状での海人クンのおおよその実力」

「そりゃ良かった……」

テーブルにうつ伏せになったまま、視線だけを向ける。

「で、部長さん。俺に見込みはありそうか？」

「速度は申し分ないわ。なんならウチの部員たちより速いくらい。悪くないわよ？」

「……そうなのか」

予想外に褒められて、ちょっと背筋が伸びた。うつ伏せの姿勢から座り直し、軽く身じろぎする。

しかし朱音の言葉はそこで終わらなかった。パタンッとノートパソコンを閉じたかと思うと、マシンガンのように喋りだす。

「でも中身の方は覚えなきゃいけないことが山のようにあるわね。まずは何よりも登場人物の一人称に表記揺れが多すぎ。一ページ目で『俺』って言ってたのに、次のページでは『おれ』になってて、これじゃあ別の人物が出てきたのかと読んでる方は混乱するわ。これくらい普通に本を読んでれば分かるはずよ？　小学校の国語でもやったわよね？　一人称の表記は登場人物の存在を表すものだからちゃんと統一するように。それから文章作法も覚えていきましょう。キャラクターのセリフや地の文で間を表す点々だけど、これは三点リーダーと言って『……』みたいに二文字ワンセットで使うの。キミは今『・・・』って感じで全角の中点を並べて書いてるから次から直しておいて。ここをちゃんとやっとけば、文章の見た目で素人扱いされることはなくなるわ。それから肝心の話運びだけど、キミ、形だけ取り繕えばいいと思ってるわね？　私が出した二個目のお題『子猫がネズミを追いかける話』に対して、キミは二匹がただ追いかけっこする様子を描写し続けてる。途中で一回水たまりに落ちそうになるってアクシデントを入れたのはとてもいいけど、重要なのはそこじゃないのよ。小説を書く時は常に『この話に対して、自分はどんな魂を込められるか？』を考えて書きなさい。たとえば、キミなら追われているネズミの心情にもっと寄り添って書けるんじゃない？　もしくは追っている子猫の無邪気な残酷さだっていいわ。同じ題材であっても十人が書けば十通りの話が生まれる。そのなかで埋もれることなく、キラリと光るのは作者独自の切り口や価値観が込められている作品よ。最初は拙くてもいい。デタラメだっていい。でも必ず『自分だからこそ』という矜持（きょうじ）を込めて書きなさい。その一念がオリジナリティを生み出すの。作品を輝かせるのは技量の有無じゃない。『これが私の話だッ！』っていう見苦しいほど素っ裸な情熱よ」

それから――、とまだまだ続きそうなので大慌てで遮った。

「待て待て待て！　そんないっぺんに言われても分かんねえよ!?　なんなんだ？　俺は今なんの説教を受けてるんだ？　何から何まで分かんねえって！」

と叫んだところで、チャイムが鳴った。昼休み終了の予鈴だ。急がないと授業開始の本鈴に間に合わない。

「俺、もういくからな！」

逃げるように出口へ向かう。すると背中から声を掛けられた。

「明日もきなさい」

振り向くと、朱音（あかね）がテーブルに頬杖（ほおづえ）をつき、ひどく優しい眼差し（まなざ）しを向けていた。

「確かに今のは熱が入って一気に言い過ぎちゃったかも。明日はもう少しゆっくり教えてあげる。だから昼休みになったらここにきなさい。明日から毎日ね？　私がちゃんと仕込んであげるから、一緒に頑張りましょう？」

「…………」

すぐには返事が思い浮かばなくて頭をかいた。しかしやがて、

「……よろしく頼む」

ぶっきら棒にそう言って、海人は駆け出した。

普段から教室に友人もいなくて、配達の仕事だって常に一人だ。だから……。

――一緒に頑張りましょう？

他人からそんなことを言われたのは初めてかもしれない。フェンスの穴をくぐりながら妙に気持ちが浮ついた。噂通り、朱音はとんでもない女っぽいが、とりあえずは……。

「……澪のためだ」

自分に言い聞かせるように言って、明日もいこうと決めた。

それから二週間近く、毎日、朱音のところにいき、言われるままお題の小説を書いた。ただ初日のように何作も書いたりはせず、一日一本。だいたい三千字がノルマだった。その過程で『二重表現の禁止』とか『読者がイメージしやすい情報の順番』とか『一人称と三人称と一人称的三人称の違い』とか『最終的にはそんなもん全部無視して書きたいように書け』とか基礎的なことを叩き込まれた。

あとは部室に置いてある小説や漫画を山ほど貸し与えられた。おかげで見本には事欠かず、さらには朱音が「今日教えたことはこの本の表現が参考になるわ」と一つ一つ教えてくれるので分かりやすい。

慣れてくると、自分で本を選んで借りていくことも多くなった。ここ数日はバトルモノの漫画を読んでいる。頭を使わずにぐいぐい読めるし、読後感も爽快なので気に入っている。

「いらっしゃい、海人クン。はい、これ見て」

ある日、彩峰荘（あやみねそう）にいくと、朱音が開口一番、ノートパソコンを向けてきた。

表示されているのはインターネットのサイトのようだ。画面上部にアニメっぽい絵があり、他の場所には小説のタイトルのようなものがいくつも羅列されている。

「なんだこれ？」

「小説投稿サイトよ。自分が書いた小説をネット上で発表したり、他の作者が書いたものを自由に読んだりできるの。こういうの、見たことない？」

「初めて見る。ネット自体、授業でちょっと触ったくらいだからな」

「え。……キミは原始人なの？　ウガウガでウホウホなの？」

「オノマトペで人を小馬鹿にするのはやめろ」

「おー、用語も使えるようになったじゃない。でもネットを知らないって、キミ、確かスマホ持ってたわよね？」

「これは配達所の連絡用だ。天気予報ぐらいは見たりするが、私用では使わない」

ポケットから型落ちのスマホを出してみせる。でかくてゴツく、壊れにくいが普段使いにはあまり適さない形だ。

「生真面目さんねー。まあいいわ。じゃあ一から説明してあげる」

並んで座り、朱音がマウスをクリック。すると無数の作品が次から次に表示される。

「一昔前と違って、今は誰でも書き手になれる時代なの。ネット環境さえあれば、いつでも自分の作品を発表できるし、読んでくれた人からコメントだってもらえたりするのよ」

「コメント……？」

「読者の感想ってやつね。……あ、ちなみに私、読んでくれた人のことを『読者』って呼ぶのが書き手からの上から目線に聞こえないかヒヤヒヤしちゃってあんまり得意じゃないんだけど、まあ他に言い方もないし、とにかく読者の感想よ」

ほらここことか、と指で示された箇所を見てみると、応援コメントという欄があり、確かに読んだ人からの感想らしきものが書かれていた。

キャラクターのこういうところが可愛かった、とか、このシーンに胸が熱くなった、とか生の感想が当たり前のように書かれていて、ちょっと圧倒された。

自分も毎日、朱音に原稿を読まれてはいるが、書き方の指導が中心なので、こういう純粋な感想とは別物だ。正直、ひどく惹き付けられるものがあった。

思わず画面に見入ってしまう。するとこちらの横顔を見て、朱音がにやりとする。

「気になる？」

「……ならないって言えば、ウソになる」

「正直でよろしい」

マウスが動き、さらにページが飛ぶ。

「小説投稿サイトはいくつかあるけど、私はこの『カクヨム』をよく使ってるわ。大手の出版社が運営しててね、自社の編集者が頻繁に見てるらしいから、声が掛かって一気にプロデビューも夢じゃないかもしれないわよ？」

「一気にデビューか……」

いくらなんでもそこまで上手い話がそうそうあるわけないのは分かる。だからそれよりも気になることがあった。

「このカクヨム……だったか？　これを俺に見せて、どうしろって言うんだ？」

「よくぞ訊いてくれました。私のお題で書くのは今日で卒業よ。次からは――」

マウスのポインターが『新規作成』という文字をクリックした。

開くのは新しい小説を作成するためのページ。

「キミが自分自身で考えた、完全にオリジナルの物語を書くの。そしてカクヨムに投稿しなさい」

「はあ⁉」

いきなりのことに度肝を抜かれ、体全体で朱音の方を向く。

「お、お前、インターネットってものを分かってるのか⁉」

「海人クンよりは分かってると思うけれど」

「インターネットって世界に繋がってるんだぞ⁉　サイトに投稿するってことは全世界に向けて発表するってことだろ⁉　そんなワールドワイドなことして大丈夫なのかよ⁉」

「大げさね。そんな仰々しい話じゃないわよ。カクヨムには万単位の作品が投稿されてるわ。海人クンもそのなかの一つになるだけよ。気楽にやればいいの」

「いやけどなぁ……」

授業でやったから知っている。インターネットはとても恐ろしいもので、一歩間違えば犯罪に巻き込まれて大変なことになるのだ。いくら他に万単位の作品が投稿されていようとも安心はできない。

「捨てられた子犬みたいに不安そうな顔してるわね……。大丈夫よ、案ずるより産むが易し。ちょっとスマホ出して。カクヨムのアプリをインストールしてあげるからとりあえず暇な時にいくつか読んでみなさい。あとついでに朱音お姉さんのアドレスも入れといてあげる♪」

「お、おい……っ」

ポケットをまさぐられ、スマホを奪われてしまった。なんて横暴な女だ……と思うが、逆らう隙もない。結局、好き勝手にいじられ、スマホが返却される。

「アプリをタッチすればいつでも作品を読めるわよ」

「……ある日突然、警察がやってきて世界的な冤罪で掴まったりしないか？」

「しないしない。そんなに心配しなくても、海人クンと同じ歳で投稿してる子だっているんだから。えーと……ほら、この作品」

朱音はマウスを操作。画面に表示されたのはラブコメ作品だった。タイトルがやたら説明的で長く、あらすじ欄を読まなくても中身がなんとなく分かる。どうやら幼馴染のヒロインを溺愛する物語らしい。

個人的にはあまり好みの部類じゃないが、朱音の言う通り人気作らしく、千件以上の応援コメントが付いていた。

「すげえな……」

こんなに多くの感想が寄せられるような作品を自分と同じ中学生が書いたのか、とついまじまじと見てしまう。

目次には連載中と書かれていて、百話以上の話が投稿されていた。どうやらカクヨムでは週刊漫画のように短い話を連載していくスタイルが一般的らしい。クリックしてみると一話はだいたい三千字ほどだった。

「……三千字？」

「キミには慣れた文字数でしょう？」

朱音が横でドヤ顔する。……なるほど、どうやらこのためのノルマだったらしい。

きっとこのラブコメの作者も同じように昼休みとかに書いているのだろう。それを毎日投稿しているのだ。

しかし、ふと気になった。

ページを一通り見てみたが、作者の年齢はどこにも書いていない。一応、プロフィール欄に『KOUTA（コウタ）』というペンネームは載っているが、それだけだ。

「朱音（あかね）、こいつ、本当に中学生なのか？」

「もちろんよ。だって知り合いだし」

「知り合い？」

「そう」

隣を向くと、朱音が意味ありげな視線で画面を見ていた。

「KOUTAクンはね、海人（かいと）クンと同じ、お姉さんのお気に入りの男の子よ。でもこの子はとても優秀だから、いつか私すら追い越しちゃうかもしれない。だからとても期待してるの。とても……ね」

指先でなぞるように『KOUTA』の文字を示し、朱音がこちらを向く。

「海人クン、キミが小説家になるとしたら、まずはこのKOUTAクンを越える必要がある。彼は百を越える更新をし、千を超える感想をもらっているけど、それでもまだプロの頂きは果てしなく遠い。だからまずは打倒・KOUTAクンを目指しなさい。彼はキミと同じく私の教えを受けている。言わばキミにとってのライバルよ」

「ライバルって……そんなこといきなり言われてもな」

思えば、朱音は最初から『まわりに才能豊かな人材を揃えたい』と言っていた。ならばどこかの誰かが自分と同じように朱音に見出され、同じように小説の手解きを受けていても不思議はなかった。

しかしいきなりライバルだなんて言われても、こっちは戸惑うばかりだ。

どうしたものかと思っていると、朱音がやおら唇の端をつり上げた。頬杖をつき、無遠慮な感じで顔を覗き込んでくる。

「ふーん、自信ないんだぁ?」

「なに?」

「まー、仕方ないわよねー。海人クンってば、雨の中でお姉さんに助け起こしてもらわないと立てないような甘えん坊さんだし?　小説サイトに投稿するだけで世界的な冤罪に巻き込まれると思っちゃうようなビビリ君だし?　ライバルに立ち向かえなんて言われてもしっぽ巻いて逃げちゃうかー」

思いきり頬が引きつった。

「だ、誰が甘えん坊のビビリだって?　ふざけんなよ、ぽっと出のライバルなんて俺は怖くねえぞ?」

「あー、いいのいいの、無理しなくて。ごめんね、お姉さんが無茶ぶりし過ぎてた。もう無理に投稿しろなんて言わないから安心して。さあ、今日もお題で書きましょう。大丈夫よ、もう無理言ったりしないから。優しくしてあげないと、海人クンが泣いちゃうかもしれないしね？　お姉さん、めいっぱい気を遣ってあげる」

「……っ」

分かりやすい挑発だ。しかしなまじ雨の日のことや冤罪のことが本当なので、イラッときた。心のなかでもう一人の自分が『やめろ、挑発に乗ったら朱音の思うつぼだ』と叫ぶが……我慢できなかった。

「上等だ！　オリジナルの小説でもなんでも書いて投稿してやろうじゃねえかーっ！」

拳を握って立ち上がり、その横では朱音が完全に『してやったり』の顔をしていた。

それからというもの、朝も夜も小説の内容を考えて過ごした。朱音に一杯食わされた形だが、一度やると言った以上、手を抜くことは出来ない。

幸い、配達で自転車を漕いでいても頭のなかは自由なので、好きなだけ考えることが出来る。授業中も黒板を写しながら、ずっと構想を練り続けた。

「（まずはジャンルをどうするかだな……）」

カクヨムでは小説を書く時、最初にジャンルを決める必要があるらしい。

異世界ファンタジー、現代ファンタジー、ＳＦ、恋愛、ラブコメ等々。現代ドラマやエッセイ、評論なんてジャンルもあった。

朱音には『キミのお題の短編を読み続けた結果から言うと、大枠としてはラノベが合うと思うわよ？』と言われた。

ラノベとはライトノベルの略語だ。彩峰荘の本棚から借りて何冊か読んだが、確かに純文学や本格ミステリーよりも肌に合う感じがした。

「（ラノベ、ラノベ……じゃあ、舞台はどうするか。異世界か、はたまた現代か）」

と考えて、漫画のバトルモノが面白かったことを思い出した。確か彩峰荘の本棚にラノベのバトルモノもあったはずだ。

そう思い、次の昼休みは部室に入ると同時にこう言った。

「朱音、今日は書かずにラノベ読んでもいいか!?」

自分でもちょっと驚くほど勢いが前のめりだった。テーブルでサンドウィッチを食べていた朱音も一瞬驚き、しかしすぐに口元を押さえて頷いた。

「いいわよ。執筆前に参考資料を読みまくるのは大事なことだわ」

次の日もその次の日も昼休みは彩峰荘でラノベを読み漁った。もちろん帰る時には借りていき、家や配達の合間にも読み、自分の小説の形を考え続けた。

「お兄ちゃん、最近なんだかイキイキしてるね？」

ある時、家で澪にそう言われ、思わず目を瞬いた。ちょうどちゃぶ台にノートを広げ、キャラクターを考えている時だった。

「イキイキ……してるか？」

「してるよ。なんだかとっても楽しそう。お兄ちゃんが楽しそうで、澪もすっごく嬉しいです」

「……そっか」

にこにこ顔で言われて気づいた。

正直、楽しかった。

最初こそ朱音に乗せられた形だったが、いざ本腰を入れてみると、何かを創ろうとすることはとても胸が躍った。

もちろん父親が帰ってきて暴れたり、配達所で仕事を押しつけられたり、教室で嫌味を言われたり、面倒なことはいくらでもある。でも小説のことを考えていると、不思議とすべて粗末なことだと思えた。

そうして数日が過ぎ、やがて物語の方向性が決まった。

「俺はバトルモノが書きたい」

昼休みにそう告げると、朱音はゆったりとした笑みを浮かべた。

「いいんじゃない？　具体的にはどんなものを考えてるの？」

「派手な魔法で世界をぶっ壊すような話だ」

「なるほどね。となると舞台は……」

「ああ、異世界がいい。現代だと警察とか司法制度とか面倒な設定が必要になるからな」

「まあ、学園バトルモノにでもすれば、それはクリアできると思うけど、大規模な破壊描写とかを入れるなら、確かに異世界の方がアラは出にくいわね」

それじゃあ、と朱音がノートパソコンをこちらに向けた。ワンクリックで文章ソフトが立ち上がる。

「書き始めるといいわ。ここからが——キミの物語の始まりよ」

まだ何も書かれていない、真っ白な画面が眩しかった。まるで果ての無い地平線のように、無限の可能性が秘められているような気がした。

それから執筆作業に取り掛かり、どうにか序盤の五話が書き上がったのは、三週間ほど経った頃だった。初投稿なので短編にしてもよかったのだが、一応、ライバルだという『KOUTA』と同じ連載形式にしてみた。

もちろん簡単じゃなかった。

朱音のお題で書いた時はすぐに出来上がったのに、ゼロから自分で創ると、筆がまったく進まず、えらく苦労させられた。

書いたものが全世界に公開されるという不安はやっぱり抜けず、最初の頃に朱音が解消してくれたはずの気恥ずかしさも蘇ってきたりして、ほんの数行書いただけで『これは面白いのか……？』という疑念が湧き、何度も書いては消しを繰り返した。

　それでもどうにか書き上げられたのは、ひとえに楽しいという気持ちがあったからだ。

「どうだ？　その……面白いか？」

　完成した原稿を読んだ朱音へ、恐る恐る尋ねた。今回ばかりは声が上擦り、不安の色が隠せない。

　そんなこちらを安心させるように、朱音は軽やかに頷いた。

「うん、いいんじゃない？　キミらしい話になってると思うわよ」

　ほっとして思わず肩の力が抜けた。

「良かった……っ」

「ふふ、それじゃあ投稿するわよ？」

「ああ、頼む」

「でも本当に格好良いペンネームにしなくていいの？　私の茜沢神楽みたいな、素敵なペンネームがおススメなのだけど」

　マウスを手にし、朱音がやたらと残念そうに訊いてくる。

「いらねえっての。普通でいいんだ、普通で」

「じゃあせめて本名もじりとかは？　柊海人をもじって、『海木人冬』とか『ホーリー・シー・ヒューマン』とか、私密かに考えてたんだけど？」

「いいからはよ投稿しろ」

「はぁ、残念……。じゃあ、やるわよ」

　クリックのカチッという音が響き、こうして――ペンネーム『KAITO』の小説がカクヨム上に公開された。


　次の日。

　昼休みのチャイムが鳴ると同時に、海人は中学の教室を飛び出した。澪が用意してくれた弁当だけを引っ掴み、正門を駆け抜けて高校の敷地に向かう。

『KAITO』名義の小説を投稿して丸一日が経っている。運が良ければ、何かしら読者からの反応があるはずだ。プレハブ校舎の外付け階段を上り、奥から三番目の部室。彩峰荘の扉を慌ただしく開く。

「朱音っ！　俺の投稿はどうなってる!?　読者の反応はきてんのか!?」

　いきなりの大声に驚いたらしく、朱音は持っていたマグカップを「はわっ!?」と落としそうになった。

「びっくりしたぁ。どうしたの、いきなり？　今日はずいぶん前のめりじゃない。そんなに朱音お姉さんに会いたかったの？」

「そういうのはいいんだよ！　投稿は!?　読者は!?」

「？　キミのスマホからでも見られるでしょう？　アプリ入れてあげたんだから」

「……っ。そ、それは、そうなんだが……」

言葉に詰まると、途端に朱音（あかね）がニヤニヤしだした。

「なるほどなるほどー、ひとりで見るのは不安だから、お姉さんに一緒に見てほしいわけだー？」

「く……っ。そ、そうだよ！　悪いか!?　初めての小説なんだぞ!?　ひとりじゃ不安で見られねえんだよ！　もうビビリ君扱いでいいから、一緒に見てくれよ！」

「くく、可愛（かわい）いわね。はいはい。じゃあ隣にいらっしゃい。一緒に見ましょ？」

本棚に囲まれた部室のなか、もはや定位置になったテーブルに隣同士で座る。ノートパソコンはもう立ち上がっていた。マウスを握ると一気に緊張してきて、手のひらが汗ばんだ。

……落ち着け。必死になって書いたんだ。胸を張って見ればいいさ。

トップ画面から自分のページへ飛ぶ。

先日見た『ＫＯＵＴＡ（コウタ）』の小説には千件以上の感想があった。しかもどれも絶賛のコメントばかり。朱音から小説を教わっている者同士、自分と『ＫＯＵＴＡ』でそれほど評価が変わってくるとは思えない。

そんなふうに自身を鼓舞しながら、自分の『ＫＡＩＴＯ（カイト）』の小説を開く。

直後、唖然とした。

「応援コメント……一件？」

何度リロードしても、『ＫＡＩＴＯ』のページには一件のコメントしかなかった。

頭の隅にあった『もしかして自分はすごい奴かもしれない』という淡い期待が音を立てて崩れていく。

茫然自失でクリックし、唯一のコメントが表示された。それを見た瞬間、さらなる衝撃が襲ってきた。

『文章から作者の悪辣な自意識しか感じない。不景気な昨今、世界を破滅させたいと考えるような輩が現れるのは理解できるところだが、そんな破壊衝動を原液のまま読まされてもこちらは困る。とりあえず投稿されている分までは読んだが、どうにも物語に惹き込まれない。この物語のウリは魔術なのか、世界観なのか、主人公の人生哲学なのか、まったく判然としない。もっと読ませる努力をしてほしい。オ〇ニーがしたいのなら布団のなかだけにしてみては？』

……こめかみがぴくぴくと痙攣するのを感じた。冷や水を掛けられたように頭の芯が冷えていき、乾いた声がこぼれる。

「は、はは……まあ、そうだよな」

どうにか取り繕いたい、と祈るように思った。余裕ぶった顔をし、パイプ椅子に背中を預ける。

「初めて書いた小説に絶賛の感想なんてくるわけないよな。分かってた。俺だってガキじゃないんだ。これぐらい分かってたさ」

「海人クン……」

「そんな顔すんなよ、朱音。大丈夫、ショックなんて受けてない。そうさ、これぐらいなんでもない……」

喋りつつ、いつの間にか俯いていた。膝を見つめながら「大丈夫だ」と自分に言い聞かせる。

大丈夫だ、大丈夫だ、大丈夫だ、大丈夫だ…………嘘だ。大丈夫なんかじゃない。

濁流のような怒りが脳天を突き抜けた。

「ちくしょう……ッ！」

気づけば、拳をテーブルへ叩きつけていた。立ち上がった拍子にパイプ椅子が倒れ、耳障りな音が響く。

「悪辣な自意識しか感じないだって!?　布団のなかでやれだって!?　てめえに俺の何が分かるんだよ!?　なあ!?」

ノートパソコンに向かって吼え、頭にきすぎて、全身がわなわなと震えた。

自分でも制御できないほどの怒りが湧いていた。ワケが分からない。配達所で理不尽な仕事を押しつけられる時も、教室で陰口を叩かれている時も、父親に殴られている時だって、ここまで腸が煮えくり返ることなんてないのに。

「海人クン、冷静になって」

「朱音、俺に才能があるって言ったよな……っ。きっと珠玉の一作が書けるって言ったじゃないか！　なのになんでこんなこと言われるんだよ……っ!?」

「処女作で成功する天才なんてごく一部よ。それこそ一時代を築くほどのね」

宥めるように朱音の手が背中をさすってきた。

「大丈夫、気持ちは分かるわ」

「……っ、本当に分かるのかよ？　お前は文芸部の部長で、小説家を目指すようなすげえ物書きなんだろ。布団のなかでやれなんて言われた、俺みたいな奴とは違うじゃないか」

「実力なんて関係ない。書き手ならば、今のキミの気持ちは誰だって分かる。自分自身よりも自分の作品を否定される方が傷つく――みんな、そうなの。キミが今感じている痛みは物書きならば誰もが通る道なのよ」

「誰もが通る……？　こんなことが当たり前にあるっていうのか？」

信じられない、という思いで画面のコメントを指差す。

「悪辣な自意識とか言われたんだぞ!?　どこの誰かも分からねえ奴に人格を否定されたんだ……っ」

「よくあることよ。キミは今までネットに触れてこなかったから無理もないけど……この程度はザラにある。本物の人格否定はこんなものじゃない」

「……っ、嘘だろ……」

途方に暮れた。今感じてるこの痛みがまだまだ序の口だって言うのか？　しかしそんなこと言われたって感情が収まらない。悔しくて悔しくて、両手を握り締める。

奥歯を噛んで俯くと、弱い心がこぼれた。

「……楽しかったんだ。この三週間、絶対面白くするって決意して、考えて考えて、何度も書き直して……初めて何かに本気になれた気がした。大変だったけど、楽しかった。嫌なことも全部忘れられるくらい、楽しかったんだ……っ」

素直に告げた瞬間、視界が滲んだ。

朱音にそっと目元を拭われ、自分が泣きそうになっていたことに気づく。

「生意気なことを言ってても……なんだかんだ、まだ中学生ね。大丈夫よ。泣くほど悔しがれるのなら、キミはまだまだ頑張れる。次はもっと面白い小説を書けるわ」

年上らしい、ひどく優しい言葉だった。だが真っ直ぐ受け取ることはできなかった。女の前で泣いたという恥ずかしさが心のざわつきを加速させた。

「ちくしょう……っ」

パイプ椅子を拾い上げ、猛然とノートパソコンに向かった。

「海人クン？　何する気？」

「こいつの感想に返信するんだ！　俺がどんな気持ちで書いたかも知らねえくせに勝手なこと言うなって！」

　カクヨムには感想コメントのすぐ下に『作者からの返信』を書く機能がある。そこに思いつく限りの罵詈雑言を打ち込んでいく。途端、朱音の声質が変わった。

「やめなさい。それは許されないことよ」

「はあ⁉　なんでだよ⁉　先に言ってきたのはこいつの方だぞ⁉　『てめえの自意識の方が悪辣だ』って言い返す権利が俺にはある！」

「ないわ。あなたが物書きである以上、読者を非難する権利なんてどこにもないのよ」

「なんで……っ」

　まるで画面の向こうの敵を擁護するような言葉だ。

　引き裂かれるような痛みを胸に感じた。

「なんで朱音はこの自意識野郎の味方をするんだよ⁉　お前は俺の味方をしてくれよ！」

　罵詈雑言の返信は書き終えている。もうどうにでもなれ、と投稿ボタンにマウスを合わせる。しかしクリックの直前、いきなり朱音に肩を掴まれた。

「歯を食いしばりなさい」

　刹那、頬に熱を感じた。平手打ちされた、と一瞬遅れて気づく。

「な、んで……」

言葉が出ない。女に殴られたのなんて初めてだ。

朱音は自分の手に触れ、哀しそうにこちらを見つめていた。

「とっさにぶっちゃってごめんなさい。でもね、物語は誰かに読んでもらって初めて命が吹き込まれるの。私たち物書きにとって、一番致命的なことが何か分かる？　それは物語が誰にも読まれないことよ」

熱を帯びた頬に柔らかい手が触れた。

「たとえ心を抉られるような感想であっても、読んで、しかも伝えてくれる――それは私たちにとって、何より喜ばしいことなの。いつかキミにもきっと分かるわ」

静かな部室。

昼休みの喧騒もどこか遠い、二人だけのような世界で。

彼女は告げる。

「――物書きは読者の存在に生かされてるの」

チャイムが鳴った。昼休みの終わりを告げるチャイムだ。

それに抗うように唇が自然に戦慄いた。

「分かんねえよ……」

頬に触れる手を振り払い、叫ぶ。

「朱音の言ってること、俺には何一つ分かんねえよ……っ！」

「海人クン！」

無我夢中で駆け出した。背後から呼ぶ声にも、振り向くことなんて出来ない。何もかも分からなくなって、海人はその場から逃げ出した。


投稿した小説は、勇者になれなかった主人公が世界に復讐するという話だった。

辛い修行を耐え抜き、我慢に我慢を重ねて努力したが、結局魔王には勝てなかった。主人公は勇者の地位を剥奪され、その上、魔王に寝返った人間たちから虐げられる。

初めは甘んじて責め苦を受けていた主人公だが、やがてついに感情の一線を越え、強大な魔術を使って復讐を始める。

街を次々に破壊し、それを止めようと立ち塞がるのはなんと魔王の四天王たち。かつて人間を虐げようとしていた魔物共が、今度は勇者から人間を守るために血を流すのだ。善と悪が入り乱れる物語。自分では絶対に面白いと思った。けれど……。

「布団のなかでやれ、か……」

こぼれた言葉は静けさのなかに溶けていった。

高校の敷地から出て、海人は中学に戻ってきた。廊下をとぼとぼとひとりで歩く。すでに授業が始まっていて生徒たちの姿はない。本当は授業なんて放り出して、どこになりともいってしまえばいい。そう分かっているのに、結局戻ってきてしまった。

なぜだろうと思い、しかし深く考えるまでもなく答えは出た。

逃げたくても、逃げ場なんてないのだ。

投稿した小説の主人公と同じだ。勇者になれなかった主人公が復讐を始めたのは、人々の悪意から逃げる場所がなかったから。……ああ、なるほど。そう考えると……。

「確かに俺の自意識の表れだわな……」

苦い気持ちで教室の扉を開く。教師から一言二言の注意をされ、席に着いた。途端、生徒たちがぼそぼそと陰口を言い始める。

——おい、柊が戻ってきたぞ。サボりじゃねえのかよ。

——なんかまた傷増えてない？　喧嘩かな？　ヤバいよね、こわ……。

——うわ、こっち見た。怖ぇ。あの目つき、ぜったい二、三人殺してるよ。

——あーあ、クズは死ねばいいのに。

耳障りな声が木霊する。物語を考えていた時は気にもならなかったのに、また苛立ちが戻ってきた。うるさい。お前ら、俺のことなんて何も知らないくせに……っ。

針のむしろに座らされたような気分で、午後の授業を終えた。

もう何も考えたくない。心を無にして配達所へいき、指定の上着を羽織って、夕刊の配達に出た。すべて配り終え、戻ってきたのは所定の時間。しかし自転車を停めた途端、怒鳴り声が飛んできた。

「遅えよ、柊君！　どこで油売ってたんだよ⁉」

三十代の正社員がなぜか店先で待ち構えていた。時間通りのはずだが、仕方なく頭を下げる。

「……すんませんッス」

「謝りゃいいってモンじゃないんだよ。柊君はまだ学生さんだから分かんないだろうけどさ、社会ってのは時間に厳しいんだよ。……ま、いいや。ほらこれ」

差し出されたのは四部ほどの夕刊だった。

「配達先に抜けがあったからさ、とっとと配ってきてよ。住所はメモ挟んどいたからそれ見て。素人じゃないんだから分かるよね？」

訝しく思いながらもメモの住所を見て、そういうことか、とすぐに理解した。

抜けがあった客先には手渡しをしなければならない。おそらく抜けがあったのはこの社員の担当地区だろう。

自分が謝りにいきたくないので、こっちに押しつけようという腹だ。『分かるよね』というのは『学生なら相手もそんなに怒らないだろうし、誰が謝りにいくのが一番効率的か分かるよね』という意味だ。

「とっとと行ってきて。手早くね！」

「……分かりました」

野良犬を追いやるような仕草をし、社員は配達所のなかへ戻っていく。そばにいた同僚に『チョロいチョロい』と言っているのが口の動きで伝わってきた。

思わず夕刊を握り潰しそうになった。

なんで俺がお前の尻拭いをしなきゃなんねえんだよ……っ。

昼からのストレス続きで、頭がおかしくなりそうだった。しかし下手に反抗して稼ぐ場所を失うわけにはいかない。それだけは絶対に駄目だ。

怒りを心の底へ沈め、耐え忍ぶ。耐えることだけが海人の処世術だった。

自転車を走らせてメモの住所へいき、注意や嫌味を聞いてまわった。配達所へ戻ると、社員から「はい、お疲れさん」と肩を叩かれ、さらに細々した仕事をいくつか押しつけられて、ようやく家路に就いた頃には完全に日が暮れていた。

いつもの晩御飯の時間はとうに過ぎている。澪を待たせてしまっているかもしれない。遅くなった時は先に食べていいと言ってるのだが、妹は健気にいつも待っている。

「ただいま。わりぃ、遅くなった。澪、晩御飯は……」

そう言って、玄関に入った瞬間、悲鳴のような声が聞こえてきた。

「お兄ちゃん、まだ帰ってきちゃダメ！　お父さんが……っ」

同時に響いたのは何かが割れる音。考えるより先に体が動いた。

「澪！」

居間に駆け込むと、酒瓶が転がっていた。ひどいアルコール臭が鼻を突く。ちゃぶ台がひっくり返され、澪の作った食事が台無しになっていた。皿が割れ、料理は飛び散り、ひどい有様だ。

「お兄ちゃん……っ」

澪の表情は今にも壊れそうだった。新しいすり傷がいくつも出来ている。

「ごめんなさい！　澪が、澪が悪い子だからお父さんが……っ」

「違う！　澪は何も悪くない！」

駆け寄って抱き締めた。腕のなかで妹は小動物のように震えている。あまりの理不尽さに眩暈（めまい）がした。抜けの配達なんて押しつけられなければ、澪を独りにさせることはなかったのに……っ。

そして地獄の底から響くような声が耳に届く。

「……海人、帰ったのか。なんでこんなに遅いんだ？　まさか働きもせずに遊び歩いてるんじゃないよな？　誰のおかげでここに住んでいられるのか、お前は澪と違って分かってるよな？」

澪を守るように腕に力を込め、顔を上げる。そこには悪魔がいた。いや……魔王、か。

主人公がついぞ勝てなかった、すべての元凶だ。

清潔感のない、痩せすぎの男。海人と澪の父親である。

「……配達所で残業だったんだ。俺はちゃんと働いている」

「ちゃんとしてたらこんな時間にならないだろうが！」

容赦のない蹴りが飛んできた。条件反射で体を亀のように丸めて澪を守る。ズンッと骨に響くような痛みが背中に走った。

それでも小さく丸まったおかげで蹴り飛ばされたりはしない。倒れなければ澪を抱いていられる。ちゃんと妹の盾になっていられる。歯を食いしばって、蹴りと罵倒の雨を耐えた。

「いいか、海人!?　家族はなあ、揃って食事するもんなんだよ！　俺が飯を食う時にいないってことは……お前、俺を家族だと思ってないんだろ!?　誰のおかげでここに住めると思ってんだ！　俺は家族だろ!?　敬えよ！　父親をもっと尊敬しろよ！　なあ!?」

何が家族だ。娘の顔に傷をつけて、息子をゴミみたいに蹴り続けるのが家族なのかよ。

奥歯を噛み締める。逃げ場なんてないと知っているから。逆らえば、魔王の暴虐はさらに勢いを増すと分かっているから。澪も腕のなかで必死に声を押し殺している。泣き声を上げると、父親がさらに逆上することを知っているから。

そうして、どれくらいの時間が過ぎただろうか。

好き放題に暴れまわった父親は「あーあ、白けた」と舌打ちをし、子供たちを置いて出ていった。どこかで飲みまわり、女の家にでもいくのだろう。こうなると二、三日は帰ってこない。

澪は疲れ果て、電池が切れたように眠ってしまった。傷の消毒をしてやり、妹を布団に寝かせてやると、海人は家の片付けもせず、ふらふらと外に出た。――もう限界だった。

暗い夜道を所在なくさ迷い、やがて近所の公園のベンチに座り込んだ。全身が痛い。まるでブリキの人形になったかのように節々もぎこちない。

季節は秋を過ぎ、冬に差し掛かっている。吐く息は白く、どこまでも冷たかった。

こぼれるのは、あの秋雨の日と同じ言葉。

「もう……死にたい」

俺が何をした？　どうしてこんな理不尽ばかり降りかかる？　多くを望んでるわけじゃないんだ。ただ当たり前の平穏があればそれでよかったのに……。

死にたい。でも澪を残してはいけない。高熱にやられていたあの日とは違い、それだけは強く思う。

だったらどうすればいい？　こんな悪意だらけの世界で一体どうすれば……。

「……………復讐（ふくしゅう）、か」

真っ暗な空を見上げて、つぶやいた。――復讐をする。勇者になれなかった主人公のように。

あの蛆虫共がいる教室。あの害虫共がいる配達所。あの醜悪な魔王がいる飲み屋。どこだっていい。突っ込んでいって復讐することはできるはずだ。そうだ、魔術なんて使えなくてもたとえば包丁の一本でもあれば――っ。

「……っ」

暴走しかけていた思考が一瞬、途切れた。

ポケットがふいに振動したからだ。驚いて反射的に手を突っ込むと、滅多に連絡なんてこないはずのスマホが通知を告げていた。

『朱音お姉さん：カクヨムを見てごらんなさい』

「は……？」

ワケが分からず画面に触れると、メッセージが消え、ホーム画面に戻ってしまった。

視界に入るのは、カクヨムの青いアプリ。だが……。

「……またあの感想を見て、何がどうなるって言うんだよ」

自意識の悪辣さを再認識しろということだろうか。だとしたらその意見は正しい。復讐なんてことを真面目に考えている自分は間違いなく悪だろうから。

もういっそ笑えてきた。自虐交じりにアプリをタップする。すでにログイン済みで、すぐに自分のページに飛べた。

「…………」

画面が切り替わる一瞬、瞼を閉じた。胸に浮かんだのは……結局、俺はこんなもんなんだなという諦観。

あの秋雨の日、朱音は言った。

たとえ世界が拒んでも、物語は待っている、と。

でも待っていてはもらえなかった。世界に拒まれ、物語にも拒まれ、残ったのは自暴自棄になった悪辣な自意識だけ。

どこにもいけない。

なにも持ってない。

生きてていい理由がない。

悔しくて、哀しくて、瞼を開くと涙が滲んだ。

「ああ、結局、俺には生きてる価値なんて……」

ページが開いた。

応援コメントは——二件。

「え？」

目を瞬く。感想が増えていた。頭が追いつくより先に指が反射的にタップして、文字が目に飛び込んでくる。

『面白い。続きを楽しみにしてます！』

直後に公園の向こうに車が通り、鮮やかなヘッドライトがベンチを包んだ。ほんの一瞬の、しかし確かな閃光。それが過ぎ去ると、ひとしずくの涙が頬から流れた。

一瞬、息が止まった。

「う、あ、あ……っ」

嗚咽がこぼれる。止められない。涙が次から次に溢れてくる。

スマホを持つ手が震えた。

たった一行。

そのたった一行の感想に——救われた。

覚束ない手でアドレスを呼び出し、朱音にコールを掛ける。間髪を容れず繋がった。

「『見た？』」

「朱音……っ！」

端的な問いかけが聞こえた途端、前のめりになった。

「面白いって言ってくれた……っ！」

「『ええ、そうね』」

「続きを楽しみにしてるって書いてあった……っ！」

「『ええ、書いてあったわね』」

「俺は……っ」

　夜の公園で叫ぶ。

　涙と鼻水でぐしゃぐしゃになりながら。

　まるで今この瞬間、この世に生まれ落ちたように。

「俺は生きてていいんだ――っ！」

　復讐だとか包丁だとか、なんて馬鹿なことを考えていたのだろう。

　この手から生まれた物語を面白いと言ってもらえた。

　続きを楽しみにしていると言ってもらえた。

　それだけで生きていける。生きていていいと思える。たとえ世界がどんなに悪意で溢れていても怖くない。読んでくれる誰かがいれば、諦めずにいられる。

「朱音、お前が言ってたことが分かったよ……」

　鼻をすすり、しゃくり上げる。

「たとえ世界に拒まれても、物語があれば生きていける。――物書きは読者の存在に生かされてるんだ」

「『おめでとう。そして、ようこそ戦場の入口へ』」

スピーカー越しの声は優しく謡うようだった。

「『キミは今この瞬間、物書きになった』」

それから、いくらかの時が過ぎた。

年をまたぎ、季節は本格的な冬を迎えている。中学校の教室では教師が用紙を配って、記入例の説明をしていた。

海人（かいと）はシャーペンを持ち、用紙をじっと見ている。進路希望の調査票だ。

「……まあ、今さら迷うまでもないか」

苦笑し、第一希望の欄に淀（よど）みなく書く。県立彩峰（あやみね）高等学校、と。

少し前までは中学を卒業したら就職するつもりだったが、中卒の給料では澪（みお）を専門学校や看護系の大学に通わせてやるのはやはり難しい。

幸い自分と澪は歳（とし）が離れているので、まだ時間的な余裕はある。だから多少遠回りでも高卒の資格は取っておこうと最近は考えるようになっていた。

そんなふうに思えるようになったのは、新しいバイトのおかげかもしれない。以前よりずっと給料がよく、生活に少し余裕も出てきている。配達所もすでに辞めて、おかげで澪と過ごせる時間が長くなった。

昼休みには今も朱音のもとに通っている。カクヨムへの小説の投稿は続けていて、試行錯誤のなかで徐々に感想も増えてきた。

同時に辛辣な感想にもだいぶ慣れてきた。

ストレートな意見は往々にして的を得ている。『悪辣な自意識』と言われた時の感想も今にして思えば『破壊衝動を原液のまま読まされても困る』とか『物語のウリが判然としない』とか話そのものの弱点を雄弁に語ってくれていたと思う。

「……要はこっちの受け取り方次第なんだろうな」

とはいえ、その気づきで日常生活のなかの何かが変わったわけではない。人生はそんなに甘くはないらしい。

相変わらず父親の横暴で生傷は絶えず、教室にいると今も陰口が聞こえてくる。

根本的な問題は解決しない。

それでも生きていく。

……なんてことを考えていると、たまに思う。『KOUTA』は一体どんな奴なのだろうと。

自分と同じように朱音から小説を教わっている、同い年の少年。

「やっぱり俺と似たような奴なのかね……」

だとすれば少し悔しい。『KAITO』の小説は読者の評価も更新話数もまだまだ『K

『ＯＵＴＡ』に遠く及ばない。同じ立場の似た者同士だとするなら、とっとと追いついて、そして追い越したい。朱音の言葉に踊らされているようでなんだが、近頃はそんなふうに思うようになっていた。

「……ライバル、か」

苦笑いしつつ、進路調査票を提出した。朱音のそばにいれば、いずれ会うこともあるだろう。

やがてホームルームが終わり、通学鞄を持って教室を出た。すると廊下に足を踏み入れたところで、別のクラスの奴がぶつかってきた。

「痛っ!? ああ、すまない。僕としたことが本を読みながら歩いていて……」

メガネを掛けた、やや神経質そうな男子だった。ぶつかってきた本人は平気そうだが運悪く、肘が思いきり海人の鳩尾に入っていた。

「痛えな！　どこ見て歩いてんだよ、この――」

野郎、と言いかけたところで、はたと口を噤んだ。

その男子が読んでいたらしい本が床に落ちていた。紙のカバーが外れ、表紙が見えている。ラノベだ。売れ筋のラブコメだった。読んだことはないが、彩峰荘の本棚にも置いてある。

こいつ、ラノベの読者か……っ。

そう思うと、もう文句を言うことなんて出来なかった。

「……あー、その……怪我はないかよ？」

「いや見たところ、僕よりも君の方がダメージが高そうなんだが。鳩尾にクリーンヒットしているようだし……すまなかった」

「構わねえよ。それよりお前……本好きなのか？」

「え？　わあああっ、カバーが外れているーっ！」

男子は真っ青になって本を拾い上げ、カバーをつけ直した。どうやら見られるのが恥ずかしかったらしい。一応、気を遣って『ラノベ』ではなく、『本』と言っておいてよかった。

男子は本を学ランのポケットに突っ込み、恐る恐るこっちを窺ってくる。

「み、見たか……？　僕の本がどんなものだったか、君は見たか⁉」

「いいや、まったく見てない」

紳士協定で知らないフリをした。男子はメガネの縁を上げて、ほっと息を胸を撫で下ろす。

「そ、そうか……本当にぶつかって悪かった。本に集中してしまっていてね」

なるほど、夢中になるくらい真剣にラノベを読んでたのか。いいことだ。

勝手にそう思っていると、廊下の向こうから別の生徒が男子を呼んだ。

「おーい、浩太ー。何してんだよ、早くゲーセンいこうぜー」

「ああ、今いく！　ええと、それじゃあ」

男子は軽く会釈し、廊下の向こうへと走っていく。その背中を目で追いつつ、思わず眉を寄せる。

「コウタ……？」

ある意味、最も馴染み深い響きの名前だった。考えてみれば朱音の高校はすぐ隣だ。同い年の中学生ならば、この学校に通っている可能性は高い。ひょっとすると……。

「いや……まさかな」

さすがにそんな偶然があるわけない。

頭を振り、海人は廊下を先ほどの男子とは反対方向へと歩きだす。


かくして季節は巡りゆく。

中学校を卒業し、海人は彩峰高校へ入学した。

そして高校一年生の春。桜吹雪のなか、ついに二人の少年は邂逅する――。

第二章　天谷浩太（あまやこうた）のプロローグ

初恋の相手は近所のお姉さんだった。

降り注ぐ紅葉のような赤い髪がとても美しく、物心ついた時には目を奪われていた。

その女性の名は神楽坂朱音（かぐらざかあかね）さん。

朱音さんは嵐のような人だ。いつも突然現れて、まわりをひっかき回し、気づけば輪の中心にいる。小学生の頃、男子だけでサッカーをしていると、いきなり公園を突っ切って朱音さんが現れ、ボールを奪ってオーバーヘッド。余談だがちょっと下着が見えた。意外や意外、可愛（かわい）らしいフリルのピンクだった。

……閑話休題。突然現れてゴールをかっさらった朱音さん（当時小学五年生）は仁王立ちになってこう言った。

『サッカーなんてしてないで本を読みなさい！　ついでに勢い余って書き始めちゃったらさらに良し！』

ディフェンスをゴボウ抜きにしてシュートを決めた人の言うことではない。どうにか朱音さんに一泡吹かせたくて、その場にいた小三男子全員VS朱音さんの試合が始まった。

驚くべきことに結果は朱音さんの圧勝。

小学生の頃は女子の方が成長しているとはいえ、こちらは十数人の男子たち。朱音さんの運動神経はどうかしていた。男子たちはバテバテになって地面に寝転び、『どうしたらそんなにサッカー上手くなれるのさ?』と訊いた。

すると美人の朱音さんはまるで女神のような笑顔で答えた。頬にオーバーヘッドの時の泥をつけたまま。

『サッカーの物語を読みなさい。それだけで今日からボールは友達よ! ついでに勢い余って書き始めちゃえば、もうボールはソウルフレンドよ、ソウルフレンド!』

……つまり子供の頃から朱音さんは物書き仲間を求めていたということだ。おそらくまわりの友達を誘っても誰一人なびかなかったのだろう。それで『じゃあ、誰彼構わず誘ってみよう!』となるところが実に朱音さんらしい。

とはいえ、である。家が近所だったこともあって、美人の朱音さんのことは幼少の頃から知っていた。仲良くなりたいとも思っていた。よって勇気を出して言ってみた。

『……僕、書いてみようかな』

その途端、朱音さんが身を乗り出してきた。地面に寝転んでいたので、まるで押し倒されたような格好になった。

『本当っ!? 本当に書いてくれるのっ!?』

その時の朱音さんの表情は今でも忘れられない。

宝石のような目を大きく見開き、キスされるんじゃないかというくらいの至近距離で瞳を輝かせていた。正直、天地が逆転するくらいの衝撃だった。

こんなに綺麗な人がこんなに喜んでくれるだなんて。

恋に落ちてしまうには十分過ぎる出来事だった。

それが天谷浩太の小説の始まり。

実際に書いてみたサッカーの物語は、学校の作文の延長のような拙い出来だったが、朱音さんはひどく喜んでくれた。『いいわねいいわね！　上出来よ、浩太クン。もっと書いてみましょう！』と言われ、気づいた時には小説沼にどっぷりと浸かっていた。

中学生になる頃には家のパソコンを使い、サイトに小説を投稿するまでになった。

書くことは非常に楽しい。

なぜなら好きな人が喜んでくれるから。

面白いものが書けると、ネットの読者の人たちも喜んでくれる。感想をもらえた時なんて、一日中、春の陽射しのなかにいるような幸せな気持ちでいられる。

朱音さんの気を引きたくて始めた小説だが、いつの間にか自分の生活にとって切り離せないものになっていた。

よって高校で文芸部に入ろうと思うのは、極めて自然なことだった。それも二歳年上の朱音さんが在籍している、彩峰高校。

その文芸部の通称は『彩峰荘（あやみねそう）』。

朱音さんはこの名前が大層お気に入りらしい。いつだったか、『やっぱり創作に携わる者たちが集う場所といえば荘よね、荘！』と楽しそうに言っていた。

この彩峰荘で仲間たちと切磋琢磨（せっさたくま）し、小説の腕を磨いていきたい。さらには朱音さんとの仲も深めていき、ゆくゆくは恋人同士になれたりしたら――。

「――って、その朱音さん本人がいる文芸部でこんな自己紹介できるわけがあるか！　何を書いてるんだ、僕はーっ⁉」

天谷浩太は我に返り、ルーズリーフの下書きを全力で塗り潰した。

メガネを掛けた、やや神経質そうな雰囲気の少年だ。一見、勉強が出来そうな顔をしているが、成績は中の中。仲のいい同級生からは『頭良さそうなのに脳のリソースを勉強以外のところに割り振ってる残念な奴（やつ）』と評されている。

そんな浩太は、いかんいかん……と首を振り、ずり下がったメガネを押し上げる。

なんてことだ、危うく自己紹介で大々的に告白をしてしまうところだった。独りよがりで自分に酔った文章、ダメぜったい。そう朱音さんも言っていたというのに、僕としたことが……。

季節は春。

ここは彩峰高校一年A組の教室。窓からは美しく色づいた桜並木が一望できる。

浩太は今年入学した、新一年生だ。

入学式から数日が経ち、今日から部活動の仮入部期間が始まる。もちろん入るのは彩峰荘と決めているので、先んじて自己紹介の内容を考えていたのだが……どうにも上手くいかない。

真っ黒になったルーズリーフを前に悩んでいると、前の席の男子が振り向いてきた。

中学時代からの級友、名前は井口達也。

「浩太、なに騒いでんの？　あー、またポエム書いてんのか」

さらりととんでもないことを言われた。動揺で声が上擦る。

「ポ、ポエム？　待ってくれ。どこから出てきたんだ、その単語は？」

「だって浩太、昔からノートにびっしりなんか書いてるじゃん？　あれってポエムじゃねえの？」

「ポエムじゃない！　いいか、達也？　僕が書いてるのは……」

「書いてるのは？」

「それは……極秘事項で言えないが」

咳払いをして目を逸らす。

浩太が小説を書いていることを知っているのは、今のところ朱音さんだけだ。もちろんネット上には読者がたくさんいてくれるが、リアルの知り合いにはほぼ黙秘権を行使してきた。……まあ、ポエムなんて単語が出てくる時点で色々気づかれてはいるのかもしれないが。

しかし出来れば公然の秘密にしておきたい。

実際、今書いていたのはポエムでも小説でもないのだし。

「自己紹介でなんと言おうか迷って、下書きを書いていたんだ」

「……自己紹介？　そんなん最初のホームルームでやったじゃん」

「クラスのじゃなくて、部活の自己紹介さ」

「あー、そゆことか」

達也も今日から仮入部期間だと気づいたらしい。

「んで浩太は何部に入るん？」

あ、詰んだ。

そうか、中学時代は文芸部がなかったから誤魔化せてたが、もう言い逃れはできないのか。再び目を逸らし、観念してぼそっと答える。

「……文芸部。満を持して入ろうかと思っている」

「やっぱポエマーじゃん」

「ポエマーじゃない！　それに詩人はポエマーじゃなくてポエトだ！」

「いや知らんし。めっちゃどうでもいいし」

本気で興味なさそうに級友はあくびをする。

「まー、なんにせよ、自己紹介考えるくらいやる気あるんなら、とっとと行けばいいんじゃね？」

「いや、しかし帰りのホームルームがまだ……」

「とっくに終わってる。浩太、夢中になるとまわりが見えなくなるよな」

時計を見ると、本当に放課後の時間になっていた。

すでに教師は教室を出ていこうとしており、まわりのクラスメートたちも鞄を持って席を立ち始めている。達也の言う通り、下書きに夢中になっていて気づかなかったらしい。

「そういうことは早く言ってくれ！」

「だから今言ってやったろ？」

「ありがとう！　僕は部活にいってくる！」

筆記用具とルーズリーフを鞄に詰め込み、立ち上がる。達也は「ういういー」と軽い感じで手を上げる。

「お目当ての女王陛下先輩によろしくなー」

「な……」

女王陛下というのは朱音さんのことだ。いつでも唯我独尊の朱音さんは小中高と『赤髪の女王』と呼ばれている。

しかし、お目当てときた。達也に感づかれていたのは小説のことだけではなかったらしい。まさか朱音さんへの片思いのことまで把握されていたとは……長い付き合いの級友は侮れない。

達也の最後の言葉は聞こえなかったフリをして、教室を出た。駆け足で廊下を進み、昇降口から外に出て、目指すはグラウンド奥のプレハブ校舎。

新入生向けの集会で説明されていたが、入学前に朱音さんからも聞いていた。このプレハブ校舎が彩峰高校の部活棟になっている。

外付け階段で二階に上がり、奥から三番目の部屋。そこには張り紙があった。

『文芸部、彩峰荘。まともな部員募集中！　ｂｙ海人クン』

「……なんだこれは？」

扉にはセロハンテープの跡があって、最近張り替えられたもののように見える。

なぜか『まともな』のところだけ筆圧が高く、書いた人間の苦悩が伝わってくるようだった。

ついでに後半の『ｂｙ海人クン』は朱音さんの字だ。好きな人にこんなこと言うのはなんだが、朱音さんは小説家を目指してるのに字が汚い。特徴的だからすぐに分かった。

「海人……読み方は『うみんちゅ』辺りか？」

ペンネームだろうか。なんにせよ、部員は募集中らしい。自分はまともな部類だと思うので、さて、と姿勢を正す。

自己紹介はまだ未完成だが、怯んではいられない。胸を張って、威勢良くいこう。

深呼吸を一つし、ノックした。

返ってきたのはどこか色っぽさのある声。

「はいはーい。入ってきていいわよー」

朱音さんの声だ。少しほっとしつつ、しかし別の意味で緊張が一気に高まる。

小学生で小説を書き始めてからというもの、朱音さんとは放課後や週末に会い、書き方のアドバイスをもらってきた。

しかし朱音さんが高校に入ってからは部活が忙しいらしく、こっちも受験勉強が始まって、直接会う機会はめっきりと減っていた。

最後に顔を合わせたのはこの学校の合格発表の日。つまり会うのは一か月ぶりになる。

「し、失礼します！　一年A組の天谷浩太です！　入部希望です！」

扉を開け、若干噛みつつも、勢いよく足を踏み入れた。他の先輩たちもいるかもしれないので、丁寧に学年とクラスも含めて名乗った。完璧な自己紹介には程遠いが、第一印象としては悪くないはず。

……しかしなんのリアクションも返ってはこなかった。

勢い込んで目を瞑っていたので、恐る恐る瞼を開く。

次の瞬間、脳がフリーズした。

「な……っ!?」

「あら……浩太クン？」

まず目に映ったのは燃えるような赤い髪。

切れ長の瞳に鼻梁はすっと通っていて、プロポーションもこれまた完璧。胸は豊かな実りを表してツンッと上を向き、腰は細くくびれていて、足はすらりと長い。いわゆるモデル体型だった。

さて。

なぜ髪や顔立ちだけに留まらず、プロポーションまで分かるかというと、それは……下着姿だったからである。

フリルのピンク。

もちろんそこにいたのは朱音さんだ。着替え中だったらしく、手には脱ぎたてのブラウスを持っていて、ブラジャーとショーツが見事に露わになっていた。

「あ、あ、朱音さん……」

「はいはーい、朱音さんよ？」

 やや驚いた顔をしたものの、お姉さんは余裕の表情でひらひらと手を振った。しかしこちらにはそんな余裕はない。

「朱音さん、すみませんでしたーっ！」

全力で方向転換。部室から離脱しようとする。しかし出ていこうとする腕を後ろからぐいっと掴まれた。

「コラコラどこいくのよ、浩太クン？　キミはウチに入部するんでしょう？　合格発表の日にそう言ってくれたじゃない」

「入部はします！　入部はしますが、ここは立ち去る場面でしょう!?」

「立ち去る!?　まさか入部を取りやめて、漫画研究会にでも入る気!?　許さないわよ!?　そりゃ漫画原作の道も素晴らしい選択肢ではあると思うけど、キミに唾つけたのは私が先なんだからねーっ!?」

「いやいや入部はするって言いましたよね!?　朱音さん、分かってて僕をからかってるでしょう!?　あと隠し方が適当過ぎます！　あちこち見えていますから！」

「え、そう？」

「そうです！」

朱音さんは胸元を隠したブラウスをわざとひらひらさせる。

「まあ、でも気にしないわよ？　だって子供の頃から知ってる浩太クンだもの。お互い色んな自作を読み合った仲でしょう？　心の奥底まで曝け出しちゃってるんだもの。今さら下着姿ぐらい……ね？」

「ね、じゃありません！　確かに自作は読み合ってますが、心の奥底まで曝け出したというのは言い過ぎです！　作品の中身と作者の心情をイコールにしないで下さい！　こっちは流行りとか人気とか色んな要素を加味して書いてるんです！　バブみを書く作者が本当にバブみを感じてオギャッてるとは限らないでしょう!?」

「でも真に迫ったバブみを書ける人って、だいたいガチよ？」

「く、確かに……っ！」

言い負かされてしまった。いや違う。そんな話じゃない。

「とにかく一旦失礼します！　時間を置いてまた来ますから……っ」

朱音さんを見ないようにして、出口へ向かおうとした。

しかし次の瞬間、外側から扉が開かれた。

「おい、朱音ー。広場に机並べてきたぞ。……ったく、いくら男手がないからって新入生に勧誘ブース作らせるなよ。他の部員もあとよろしくとか言ってサボりにいっちまうし、中学時代に通ってた頃は彩峰荘がこんなところだとは思わなかったぞ……って、ん？」

現れたのは、やたらと目つきの悪い男子だった。

ブレザーを肩から引っかけ、ワイシャツを腕まくりして、ネクタイも緩めている。顔のあちこちに傷があり、雰囲気のやさぐれ感がとてつもない。印象は顔の良いヤンキーといった感じだ。

ただ、どこかで会ったことがあるような気がした。

ネクタイの色は同じ一年生。ひょっとして同じ彩峰中学出身だろうか。

……などと考えてる場合ではないとすぐに気づいた。

部室のなかには下着姿の朱音さん。と、なぜか一緒にいる自分。

男子の顔が見る見る険しくなっていく。

「これは……どういう状況なんだ？」

早く誤解を解かないと大変なことになる。そう直感し、慌てて弁解を試みる。

「ち、違うんだ！　話を聞いてくれ！　僕は入部しようとしてきただけなんだ。そうしたら偶然、朱音さんが着替えているところに鉢合わせしてしまって……っ。やましいことは何一つない。そうですよね、朱音さん⁉」

同意を求めて、朱音さんに話を振る。すると半裸の彼女は何やら思案顔をし、出口側の男子には聞こえないぐらいの小声で不穏なことをつぶやいた。

「……これは宿命のライバル同士がついに出逢った、運命的な場面。だとすれば……彩りを添えなくては！」

壮絶に嫌な予感がした。朱音さんは面白おかしいことが大好きだ。こういう時はロクなことをしない。

思った通り、朱音さんは瞬時に演技っぽい表情になった。何かに耐えるように目を逸らし、ブラウスで自分の体を隠し直す。

「海人クン、紹介するわ。この子が……天谷浩太クンよ」

「コウタ……？　お前が……っ!?」

なぜか男子は驚いたように息をのんだ。まるでこっちのことを知っているかのような口ぶりだった。朱音さんは顔を伏せ、さらに続ける。

「あのね、私はここで新入生勧誘の準備をしていたの。そうしたら浩太クンがいきなり入ってきて……」

「入ってきて？　どうしたんだ？」

男子が続きを促した瞬間、朱音さんは体を震わせて叫んだ。

「いきなり角が生えて、体が筋骨隆々になって、『ぐへへ、まぶいスケだぜ。俺様のビッグコックでくっ殺にしてやんぜ』って！　私のこと襲ってきたのーっ！」

「ちょお!?　僕はオークに変身したりしませんよ!?　そもそも朱音さん、さっきから下着姿で平然としてるじゃないですか!?」

「コウタ……てめえ、そんなクズ野郎だったのか!?」

「なぜ今の説明で信じる!?　角が生えた件を聞いてなかったのか!?　どこからどう見ても

僕は人間だろう⁉」

「うるせえ！　その曲がった根性、俺が叩き直してやる！　歯を食いしばれッ！」

男子が拳を握って詰め寄ってきた。まるでヤンキー漫画のワンシーンのように殴り掛かってくる。

「待て待て待て、待ってくれ⁉　誤解だ！　僕の話を聞いてくれ……っ」

「きゃーっ！　素敵！　やっぱり宿命のライバル同士の出逢いは拳と拳の激突よねっ。ほら浩太クン、迎撃！　迎撃！　カウンター狙っていきなさい。クラスカウンターよ！」

「出来るわけないでしょう⁉　僕はケンカなんて野蛮な真似したことないんですよ⁉」

ノリノリの朱音さんに反論してるうちに、ついに男子が目の前に到達した。

振り上げられた拳が一直線に向かってくる。カウンターどころか避けることすらままならない。もはや万策尽きて、反射的に目を閉じた。

ああ、せめてメガネだけは割れませんように……っ。

藁にも縋って神頼みをしながら、体を強張らせた。……のだが、なぜかいつまで経っても痛みがやってこない。

なんだ？　ひょっとして僕は命の危機を前にして、時止めの才能にでも目覚めたのだろうか？　もしくは瞬間移動に覚醒して外敵のいない無人島にワープしたか？

そんなことを思いながら、恐る恐る目を開ける。

　すると男子が目の前で呆れ顔をしていた。

「あほ。本当に殴ったりするわけねえだろ。俺は理不尽な暴力が一番嫌いなんだ。こんな程度で踊らされてたら、朱音のそばにはいられねえぞ？　違うか、コウタ？」

　トン、と冗談交じりに肩を叩かれた。

　途端、腰が抜けた。へなへなとその場に座り込んでしまう。メガネも鼻の下にずり落ちた。ほ、本当に殴られるかと思った……。

　一方、朱音さんは不満げに唇を尖らせる。

「えー、つまんなーい。もっと劇的な出逢いにしなさいよー。海人クンってばノリが悪いわねー」

「ふざけんなっつーの。ノリで男子をケンカさせようとすんじゃねえよ。どんな悪女だ、お前は」

「でも途中までは本気で殴り掛かってたでしょう？　見てて分かったわよ」

「ああ、『きゃー、素敵』とかのたまってるお前のあほな声援が聞こえなかったら気づかなかったかもな」

「ちっ、テンション上がり過ぎた私の失策というわけね……。でもやっぱり本気で殴り掛かってたんだ？　ふふん、お姉さんのあられもない姿で心配が爆発しちゃったのね。愛い奴め♪」

朱音さんは細い腰をくねらせて、しなを作ってみせる。

な、なんてハレンチなポーズを……っ!?

床にへたり込んだまま、慌てて目を逸らす。

しかしここで驚くべきことが起きた。ヤンキー男子がまったく動揺せず、極めて自然に自分のブレザーを朱音さんの肩に掛けたのだ。

「馬鹿なことしてんなよ。風邪引いたらどうするんだ」

「なによー、面白くなーい。せっかくの朱音お姉さんのえっちぃ下着姿なのよ？　もっと動揺したり、はわわわしたりしなさいよ」

「はわわわするってどんな動詞だ。ったく、今さら動揺なんてするかよ」

ため息をつくヤンキー。

「お前の下着姿なんてもう見慣れてんだよ、俺は」

……は？

自分の耳を疑った。

なんだって？　朱音さんの下着姿を……見慣れてる？

こっちは朱音さんと長い付き合いだが、下着を見たのなんて、小学校のサッカーの時だけだ。競うようなことではないが、この男子の今の言葉は信じられない。

「君は……一体なんなんだ？」

気づけば、そう問いかけていた。

男子が振り向く。

「そうだな、せっかくだから自分で名乗るか。俺の名前は柊海人。朱音から小説の書き方を教わっている」

窓の向こうには桜吹雪が舞っていて、背後にはブレザーを羽織った朱音さん。

美しい桜色と茜色を背景にして、柊海人と名乗った男子は床にへたり込んだこちらを見下ろす。

そして言った。

苦笑交じりの顔で、はっきりと。

「よろしくな、コウタ。俺は——お前のライバルだ」


正直言って、生まれてこの方、こんなに混乱したことはない。

朱音さんが自分以外の誰かに小説を教えてるなんて話、今まで聞いたことがなかった。

もちろん部活で後輩に指導ぐらいはしてるだろうと思ってはいた。しかしこのヤンキーのような男子——柊海人はそれとは違う。彼はこちらと同じ新入生だ。しかも朱音さんを呼び捨てにしてるところから見ても、きっと昨日今日の間柄じゃない。

正直、ワケが分からなかった。どういう経緯があって柊海人は朱音さんとあんなに親しくなったのか。何をどうすれば、朱音さんの下着姿を見慣れるような関係になるのか。

そして何より柊海人は朱音さんのなんなのか。

「……おい、浩太。さっきから何をブツブツ言ってるんだよ？　やめろよ。すげえ不審者っぽいし、普通に怖いぞ？」

隣で眉を寄せるのは件の柊海人。

浩太は神経質な顔でメガネを押し上げる。

「僕の勝手だろう。悪いが、今は放っておいてくれないか」

「そういうわけにもいかないだろ。一応、俺たちは今……勧誘ブースに座ってんだから」

ここは学校の裏門側の広場。

春を謳歌するように桜が咲き誇り、花びらが舞うなか、各部活が折り畳みテーブルでブースを作っている。ここが今日からの新入生勧誘のメイン会場だった。

運動部はユニフォームを着用して様々な実技で熱烈にアピールし、文化部も負けじと看板やビラなどで活動記録を伝えている。とにかく熱気がすごい。新入生が初々しくやってくると、無数の部活が一斉に群がって勧誘を始める。どこも新入生の獲得に必死だ。

そんな戦争染みた広場だが、唯一、微妙なムードのブースがあった。

そう、ここ文芸部『彩峰荘』のブースである。

折り畳みテーブルには二脚のパイプ椅子が用意され、右側に浩太、左側に柊海人が座っている。

朱音さんはいない。今は部室で着替え中だ。

先ほどの部室の一件の後、『これより新入生勧誘を始めます』と校内放送が入り、朱音さんから『大変っ。私も着替えてすぐいくから、二人とも裏門広場にいって！　新入生がきたら絶対逃がしちゃダメよ！』と拒否権ゼロで送り込まれたのだ。

柊海人の話によると、他の先輩たちは全員サボタージュしてどこかへいってしまったらしい。柊海人がなぜそんな内部事情に精通しているのかも謎だが、とりあえず現在このブースは一年生の二人が留守番役を任されている。

「朱音さんに言われたからとりあえず座ってはみたが……もし新入生がきたら活動の説明なんて僕は出来ないぞ」

「そこは大丈夫だ。なんとなくのことだったら俺が説明出来る。……まあ、あんま喋るのは得意じゃないんだが、朱音がくるまでの場繋ぎぐらいはどうにかするさ」

さらりと言われ、眉が寄る。

彩峰荘の部室に入ってきた時も柊海人は訳知り顔だった。何やらブースの設置をしてきたみたいなことも言っていた気がする。

「柊海人、君はいつから彩峰荘にいるんだ？　僕と同じ一年生だろう？」

やや詰問気味に尋ねると、なぜか変な顔をされた。

「なんでフルネームで呼ぶんだよ……？　普通に海人って呼んでいいぞ。俺だってお前のこと、浩太って呼んでるだろ？」

「待て。そもそも僕は呼び捨てにする許可なんて出していない。なんで当たり前みたいに浩太と呼んでるんだ？」

「んなこと言ったって、お前は浩太だろ？　さっき朱音に入部届出してるの見たから漢字も覚えたぞ。サンズイに『告』げるに太陽の『太』だよな？」

「人の話を聞いてくれないか!?　初対面の相手に馴れ馴れしいと思わないのか、君は!?」

たとえば達也に対しては自分も呼び捨てにし合っているが、それは長年の付き合いがあるからだ。ついさっき会ったばかりの他人に親しげに呼ばれるのは強い抵抗感を覚える。

「初対面……？　まあ、そりゃそうかもしれないが。やっぱずっと『KOUTA』できたから、今さらさっき聞いたばかりの天谷って呼ぶのもなぁ……って、ああ、そうか」

突然、柊海人は納得顔になった。同時にやや不機嫌そうに頬杖をつく。

「お前、俺に気づいてないのか」

「……気づいてない？　どういう意味だ？」

「俺は『KAITO』だ」

「名前ならすでに部室で聞いたが？」

「違う。漢字じゃなくてローマ字だ。お前もカクヨムやってるだろ?」

「カクヨム?」

もちろんやってる。中学生の頃から投稿を始めた小説サイトがそれだ。

「俺もやってる。朱音(あかね)に教えられて始めたんだ」

「カクヨムをやってる……カイト?」

記憶に引っ掛かるものがあった。鞄(かばん)からスマホを取り出して、アプリを起動する。

カクヨムにはランキングがあり、浩太(こうた)は折に触れて自分の順位をチェックするのが習慣になっていた。素早くアクセスし、ランキングを見て、想像が正しかったことに驚く。

「まさか……」

目を丸くして隣を見る。

「総合ランキングで常に僕の下にいる、あのKAITO(カイト)か!?」

「どういう覚え方してんだ、てめえ!?」

ビキッと青筋を立てて怒鳴られた。

……あー、うん、確かに今のはこちらが悪かった気がする。

「すまない、失言だった」

「次同じこと言ったらメガネに指紋つけんぞ?」

それはかなり嫌だ……。

カクヨムには異世界ファンタジー、SF、恋愛、ラブコメ、ミステリーなどいくつものジャンル分けがされており、それらを全部ひっくるめて、読者の人気によって順位付けしたものが総合ランキングだ。ここを毎日見ていると、自分の前後の順位の作者名は自然と覚えてくる。

ＫＡＩＴＯがまさにそうだった。

浩太が今メインで書いている作品は常にだいたい１００位前後の位置にいる。そのなかでＫＡＩＴＯはまるで背中を狙うかのように、いつもすぐ下にいるのだ。どうしたって名前は覚えてしまう。柊海人(ひいらぎかいと)も同じなのだろう。

「なるほど、それで君は僕を浩太と呼ぶのか……」

「納得したか？」

「ああ、したよ。そういうことなら……こちらも海人と呼ぶことはやぶさかじゃない」

「面倒くせえ奴(やつ)だな、お前は」

海人は苦笑いで肩を竦(すく)める。

「んで、さっきの質問の答えだが……俺が彩峰荘(あやみねそう)に出入りし始めたのは中二の秋からだ」

「中二の秋……？　そんな以前から？」

「って言っても、昼休みに忍び込んで朱音に書き方を教わってただけだ。彩峰荘の部員たちを紹介されたのはつい最近、一週間ぐらい前だな。入学式の後、朱音に捕まって新入生勧誘の準備なんかを手伝わされてた。『部員になるのは決定事項なんだからいいでしょ』とか言われてな」

「………」

なるほど、朱音さんのそういう問答無用な感じは確かに目に浮かぶ。

浩太はすっとメガネを押し上げる。

「朱音さんと出逢ったのはその……中二の秋なのかい？」

「そうだ」

「まるで嵐のように突然、朱音さんが現れた？」

「お前の時もか？」

「ああ、僕の時もだよ」

一瞬、シンパシーのようなものを感じた。

ようやくこの海人という男が何者なのか、理解できた気がする。

要はこちらと同じなのだ。ある日突然、朱音さんに出逢い、物語に出逢い、小説の道に飛び込むことを選んだ少年。それが柊 海人だ。

考えてみれば、朱音さんは小学生の頃から小説仲間を求めてあちこちで暴れていた。自分と同じように見出された誰かがいてもおかしくはない。まあ、まさか自分以外に朱音さんについていく人間がいるとは思わなかったが。

「海人、ひょっとしなくても君はおかしな奴なのかな？」

「その言葉、そっくりそのまま返してやるよ、浩太」

頬杖をやめ、海人は軽く肩を回した。

「しかしまさかあの時のラノベ野郎が本当に『KOUTA』だったとはな」

「あの時？　ラノベ野郎……？」

「お前も彩中だろ？　中二の時のことだ。教室を出たところで、他のクラスの奴がぶつかってきてな。そいつは読んでた本を床に落としちまって、表紙を見たかって、ひどく慌てて俺に訊いてきた」

「……っ！　まさかあの時、廊下でぶつかった男子……!?」

中学二年生の時、人にぶつかって、読んでたラノベを危うく見られそうになったことがあった。本気で冷や汗をかいたので、よく覚えてる。

「あれが海人だったのか!?　というか、僕のラノベやっぱり見てたのか!?」

「天才勇者とお手伝いお姉さんの話だろ？　バッチリ見てたわ」

まるで朱音さんのようなからかい顔になり、海人がこちらの肩に肘を乗せてきた。

「お前、真面目そうな顔してラブコメ好きなのな？　カクヨムの小説もラブコメばっかだし、ひょっとしてムッツリか？」

「ム……っ」

思いきり顔が引きつった。確かに自分は読むのも書くのもラブコメが専門だ。しかし。

「だ、誰がムッツリだ!? 別にラブコメが好きだっていいだろ!? それで君に迷惑を掛けたか!? 掛けてないだろ!? 人の趣味嗜好にケチをつけるなんて文明人のすることじゃないぞ!? 猛省したまえ、この野蛮人め!」

「いやいや待て待て。ただの冗談だって。怒るなよ。まさか本当にムッツリなのか?」

「ムッツリと言うな! 二度と言うな! 絶対言うな! 僕は至ってノーマルで健全な青少年だ!」

「ノーマルな青少年って……けどお前がたまに書くサービス回とか結構えげつないぞ? こないだの耳かき回とかなんなんだよ? ヒロインが耳で感じやすくて、主人公に耳そうじされて悶絶するって。こいつ変態か? って目を疑ったわ」

「……っ」

絶句した。恐ろしいことに海人はカクヨムのこちらの小説を読破しているようだ。確かに耳かき回は読者からも『やり過ぎでは?』と賛否両論だった。しかしネット小説の際どい回のことをリアルで指摘するなんて、鬼の所業にも程がある。

「く、口を慎みたまえ! これ以上の侮辱は許さないぞ!? いくら常に僕よりランキングが下だからって、僻むのも大概にしろ!」

「だ……っ」

今度は海人が絶句した。そして猛然と立ち上がる。

「誰が僻んでるって!?　お前、ランキングってメチャクチャ繊細な話題なんだぞ!?　今度言ったら指紋つけるって俺言ったよな!?　メガネ出せ！　ベッタベタにしてやる！」

「や、やめろ!?　メガネのレンズに触れるのは暴力行為だぞ!?　君、さっき部室で理不尽な暴力が嫌いみたいなこと言ってたじゃないか！」

本当に腕を伸ばしてきたので、慌てて手のひらを掴(つか)んだ。押し合いのような形で拮抗(きっこう)する。

「ランキングのことを口にしたお前が悪い！　積年の恨み、ここで物理的に晴らさせてもらうぞ!?」

「積年の恨み!?　僕が何をしたって言うんだ!?」

「はあ!?　わざわざ言わなくても分かるだろうが!?」

海人はグググッと手を押し込んでくる。

「最初は俺だって純粋に追いつくために頑張ろうって気持ちだったさ……っ。けど『ＫＯＵＴＡ(コウタ)』のフォロワー数が増える度！　『ＫＯＵＴＡ』のＰＶ数が増える度！　『ＫＯＵＴＡ』の星評価が増える度！　じわじわと臓腑(ぞうふ)に怒りと憎しみが湧いてくる……っ。『ＫＯＵＴＡ』にこれ以上、プラス評価が入らなければ追いつけるのに、って苛立(いらだ)ちが止まらない……っ！　このストレスは全部お前のせいだ！」

「完全に嫉妬と逆恨みじゃないか⁉」

「おうよ、嫉妬と逆恨みだ！　でもお前だって自分より上の順位の奴にはそういう感情を抱くだろ⁉　ランキングで上の奴は、下の奴から理不尽に恨まれる義務がある！」

「そんな義務があってたまるか⁉　確かに自分より上位の作品が評価されると焦りはするさ。しかし怒りや憎しみなんて湧きはしない！」

ランキングが上がれば、それだけ読者に読んでもらえるチャンスが増える。だからより上位にいきたいと思うのは作者にとって自然なことだ。

しかしだからと言って自分より順位が上の作者を憎んだりはしない。同じ物書き同士、切磋琢磨はしても根底には敬意がある。それが普通だ。

「……怒りも憎しみも湧かない、だと？」

ひどく不可解そうな顔だった。

「お前、本気で言ってるのか？」

「君の方こそ本気の発言なのか？　そんな嫉妬交じりの感情で創作をしていても辛いだけだろう？」

「……なるほどな」

突然、海人の手から力が抜けた。

「お前はそういうタイプの書き手なのか……」

そうつぶやくと、何かを思案するように押し黙り、いきなりストンと椅子に座った。

こっちは戸惑うばかりだ。

「……海人？　なんなんだ？」

「いや……」

海人は感情を整理するかのようにゆっくりと言った。

「俺と朱音(あかね)は同じタイプの書き手なんだ。俺にとっての一番身近な書き手は朱音だし、だから物書きってのはみんなこういう感じ方をするもんだと思ってた。けど……どうやら違うみたいだな。だとすると、お前に生の感情をぶつけるのはちょっと違うのかもしれないと思ってさ……」

あまりに説明下手で、海人が何を感じているのかは分からない。

しかし、だ。明確に腹が立った。

——俺と朱音は同じタイプの書き手。

よくそんなことを当たり前のような顔で言えたものだ。

「海人、君は朱音さんの小説をちゃんと読んだことがあるのか？」

「？　ないと思うか？」

「僕は……人を罵倒するのは得意じゃない。しかしあえて言わせてもらう」

メガネを押し上げ、強く睨(にら)む。

「朱音（あかね）さんの小説を読んだ上で、自分と同じだなんて傲慢甚だしい発言だ。恥を知れ」

彼女はジャンルにはこだわらない。ファンタジーでもミステリーでも恋愛でも雑多に書く。その上でどんなジャンルを選ぼうと、変わることのない芯がある。

それは——強烈な諦め。朱音さんの主人公はいつも何かを諦めている。ファンタジーとして書いた七英雄は世界を守ることを諦めていた。ミステリーの探偵助手は館のなかで犠牲者が出ることを諦めていた。恋愛小説の女子大生は自分が愛されることを諦めていた。

朱音さんは物語のなかで、それらの諦めを転化させる。

七英雄は世界を守れない代わりに別次元の幻想大陸を創生した。探偵助手は犠牲者の代わりに自分が命を投げ出し、死によって事件を解決に導いた。女子大生は愛されない代わりに愛することを覚え、最後は恋人を挫折から立ち直らせた。

どんな物語を紡いでも変わることのない芯、それを作家性という。

もちろん浩太（こうた）にはまだそんなものは備わっていない。小学生の時からラブコメ一本で書いているが、作家性うんぬんの前に、毎回同じ展開にならないように四苦八苦しているようなレベルだ。

朱音さんの領域は本当に遠い。遥（はる）か遠くの頂きに思えて仕方がない。

だというのに自分があの人と同じだなんて、海人（かいと）の発言はあまりに浅はかだ。

「……もちろんクオリティで勝ってるとは思わねえよ。朱音の小説は面白い。『面白い』

の一言がどれだけ重いかは俺も知ってる」

　やや自嘲気味に言い、海人の指がスマホを示した。

「良かったら読んでみてくれ。お前も知っての通り、俺の小説もそこにある」

「…………」

「……強制はしない。嫌でなければ、でいい」

　今までと打って変わって、海人の言葉はとても控えめだった。だからこそ……不覚にも心が動かされた。

　興味のない人間に自分の小説を読んでもらうことはひどく心苦しい。面白いと思ってもらえる保証がどこにもないからだ。つまらない本を読んだ時の『時間を無駄にした』という気持ちを抱かせてしまうかもしれない。そう考えるだけで心は震え上がってしまう。

　海人は読んでもらうことの怖さと、そして申し訳なさを知っている。ならば──柊海人は物書きだ。色んな思いを飲み込んで、物書きから『読んでほしい』と頼まれたら、同じ物書きとして断れない。

「……分かった。読もうじゃないか」

　いつの間にか画面についていた桜の花びらをそっと払い、スマホを操作する。

　海人は『ＫＯＵＴＡ』の小説を熟読しているようだが、こちらは今まで『ＫＡＩＴＯ』の小説を読んだことはなかった。

ランキングのページをスワイプし、自分のすぐ下をタップ。『KAITO』が連載している小説に飛び、第一話から読み始める。

小学生の頃から朱音さんに鍛えられているので、これでも物語を見る目はそこそこあるつもりだ。だからこそ、だろうか。

「……っ」

数話読んだところで、頬に冷たい汗が流れた。

広場の喧騒が遠くなっていき、スマホを持つ手が震えだす。

——似ている。朱音さんの小説と同じ匂いがする。

ジャンルはファンタジーのバトルモノ。魔王に敗北した勇者が人々に虐げられ、復讐をする話だ。序盤こそ作者のエゴが見え隠れするものの、十話を越えた辺りで新キャラのヒロインが現れて格段に読みやすくなり始める。ヒロインはかつてパーティーで仲間だった魔法使いで、主人公の心情に寄り添い、共に復讐を誓ってくれる。

全体的にアラは多い。魔術の設定に矛盾がちらほらあるし、何より主人公の性格がキツいので、読者が十人いれば『面白い』と『嫌い』が半々といったところだろう。

けれど問題はそこじゃない。

主人公が泥臭く足掻き、世界への諦めを転化させて復讐を始めるこの雰囲気はまぎれもなく朱音さんの作風を想起させる。模倣ではない。そんな表面的な部分ではなく、おそらくは根っこの感性が近いのだ。

長年、朱音さんの小説を読んでいるからこそ、分かってしまった。

海人の言葉がただの思い込みではない、と。

「……どうだ？」

尋ねる声はどこか不安そうだった。

出来ることなら見当違いのことを言って、有耶無耶にしてしまいたい。そんな誘惑に駆られそうになった。あるいは海人が偉そうな態度で上から物を言ってきたら、売り言葉に買い言葉で言い含めることも出来ただろう。

しかし誰かに小説を読んでもらう時の不安は痛いほど分かる。だから嘘の感想なんて言えなかった。悔しさを滲ませながら口を開く。

「……主人公のシドは性格が頂けない。しかし魔法使いのメアリと再会して、孤独が癒されるシーンは少しだけグッときた」

「そ、そうか……っ」

途端、海人は嬉しそうに顔をほころばせた。腹立たしい。そんな無防備に喜んだりして、ヤンキーがギャップ萌えでも狙っているのか？

「他に何かあるか？　気づいたこととか、感じたこととか！」

「……魔術の設定が雑だ。基本的にシドが聖剣しか使わないせいだが『ここは魔術でどうにか出来るはずじゃないのか？』というところが多い。聖剣の第二形態はショートソードのサイズなんだろう？　であれば四話のゴブリン戦は無理に突撃せず、遠距離から魔術で砲撃した方が効率的なはずだ」

「う、確かに……。でも勇者って言ったら剣だろ？　読者に見せる初戦闘だし、ここは聖剣で決めるべきじゃないのか？」

「それは作者のエゴだ。読者に矛盾を感じさせたら、その時点でアウトなんだよ」

「エ、エゴ？　待て、それは違うぞ。俺は読者のことを思って聖剣を使ったんだ。だって聖剣で斬り倒した方が格好良いだろうが！」

「だから『魔術でやればいいのでは？』と思われた時点でもう格好悪いんだよ！　なぜ分からない？　無傷で済むところを突っ込んでいって、シドは重傷を負っているんだぞ!?　これは馬鹿だ！　脳筋（のうきん）馬鹿だ！」

「脳筋馬鹿!?　お前、他人（ひと）んちの主人公になんてこと言うんだ!?　人の心がねえのか!?」

「アドバイスを求めたのはそっちだろう!?　僕はストーリーテリング上、当然のことを言ってるまでだ！」

「魔術はメアリの担当だから、シドは魔術で目立たせるわけにはいかねえんだよ！　分かるだろ!?」

「だからそれがエゴだと言ってるんだ！　ファンタジーをやるなら基本設定の整理ぐらい

ちゃんとしたまえ！　制約の一つも設ければ聖剣の必然性ぐらい作れるだろう!?」

「ぐ……っ。だ、だったらお前のラブコメ小説はどうなんだ!?　奏太と唯花は誰がどう見ても両想いだろ!?　なんで告白しねえんだよ!?　とっくに気持ちが通じ合ってるんだからもうゴールインでいいだろうが!?」

「そ、それは……っ。告白して付き合ってしまうと、物語が終わってしまうし……」

「はい、それもエゴだ！　作者の都合だな！　百パーセント作者の都合だなぁ！」

「う、うるさい！　ラブコメの長期連載はバランスが難しいんだよ！」

頭突きしそうな勢いで顔を突き合わせ、再び一触即発の空気になった。ただならぬ雰囲気にブースのまわりもざわつき始める。

しかしそれを越えるほどのどよめきが突如、プレハブ校舎の方から響き渡った。

その中心から響くのは、ノーテンキかつ色っぽいお姉さんの声。

「はいはい、こちらは文芸部の彩峰荘よ〜！　新入生、大歓迎！　小説を書いてみたい在校生だって大歓迎！　なんなら絵よりもストーリーに力を入れたくなった漫画家も大歓迎よーっ！」

朱音さんだ。どこをどう聞いても朱音さんの声だった。

浩太と海人は反射的に目を向けた。そして絶句。

「朱音っ!?」

「朱音さんっ!?」

「どう？　素敵でしょー？　惚れちゃうでしょー？」

校舎の方からやってきたのは朱音さん——が扮した、メイドさん。

どうやら部室で着替えていたのはこのためだったらしい。

胸元ざっくりで谷間がまぶしく、際どいミニスカートによって太ももも露わになっている。神聖な学び舎にはまったくそぐわない、攻めに攻めたスタイルだった。

「なんて格好してんだ、お前は!?」

「素晴らしいですが、もう少し羞恥心を持つべきです！」

「えー。二人とも、こういうのはお嫌い？」

自慢の髪をかき上げ、しなを作って流し目。

「く……っ」

「う……っ」

二の句が継げない。少年たちの本能は正直だった。

そして驚くべきことにメイドさんは一人ではなかった。

「あ、朱音部長……っ。独りにしないで下さいーっ！」

半泣きで追いかけてきたのは、先輩っぽい雰囲気の女子生徒。こちらはクラシックなロングスカートながら、ノースリーブで付け袖装着というマニアックなスタイルだった。

「だいじょーぶよ、紗矢ちゃん。似合ってるから。超イケてるわよ？」

「満面の笑顔でサムズアップされても恥ずかしいものは恥ずかしいんです！」

先輩は半泣きだった。おそらく朱音さんに無理やり着せられたのだろう。なんの証拠もないが確信出来る。

「そういえば浩太クンにはまだ紹介してなかったわね。二年生の小桜紗矢ちゃんよ。なんと我が彩峰荘の副部長さん」

「こんな格好の時に新入生の子に副部長って紹介されても……」

小桜先輩はほろりと泣く。不憫だ。

「えーと、よろしくね、天谷君。朱音部長から色々話は聞いてるよ。天谷君の小説、読むの楽しみにしてるから」

「ありがとうございます……それから朱音さんが日々ご面倒をお掛けしてるようですみません。本当に、心からすみません……」

「あはは、もう諦めたよー……」

もう慣れたよとかじゃなく、もう諦めたよ、なところが涙を誘う小桜先輩だった。

「さーてそれじゃあ、早速始めましょうか」

スカートが舞い、何やら不穏なことを言って朱音さんは腰に手を当てる。もう嫌な予感しかしない。

「今からこの姿で校内を練り歩いて勧誘するわよ！　これこそ我が彩峰荘の『新入生ゲット大・作・戦！』！　ダブル美少女の最強メイドさんで新入生たちを一網打尽にしちゃうんだから！」

愕然とした。好きな人にこんなこと言うのはどうかと思うが、強烈にどうかしてる。なぜなら文芸部なのにメイドさんで一網打尽とか、もう小説関係ない。

「さあ、紗矢ちゃん！　いくわよ、我ら彩峰荘の明るい未来のためにーっ！」

「あああ、わたしもう嫁にいけないぃぃぃ……」

露出多めのミニスカメイドさんに手を引かれ、半泣きのクラシックスメイドさんが連れ去られていく。

「不憫だな……」

「ああ、これは不憫だ……」

一年生たちはただただその姿を見送るしかなかった。

空は夕暮れ。すでに下校の時間になり、西日が柔らかく桜の木々を照らしている。

新入生勧誘をしていた各部活もブースの片付けを済ませて、生徒たちはそれぞれに家路に就いた。

下校の流れのなかには浩太の姿もあり、通学鞄を手にして正門を通っていく。

結局、あの後も彩峰荘のブースに新入生はこなかった。今日一日の成果はまったくのゼロ。まあ、浩太と海人がいるので実質、新入生は二人確保できているのだが、それにしても新規ゼロは痛い。

たぶん朱音さんの『新入生ゲット大作戦』でイロモノという印象がついてしまったのが原因ではないかと思う。片付けの時、小桜先輩から『えーと、天谷君と柊君がブースでずっと喧嘩してたって聞いたんだけど……本当？　それで新入生の子たちがこなかったとかはないよね？　ね？』と顔を引きつらせながら訊かれたのだが、それは違うと思う。違うと思いたい。

ちなみに結局、朱音さんと小桜先輩のメイドさん旋風は校内に吹き荒れはしなかった。途中で風紀委員に見つかり、羽交い締めにされたらしい。いつの日も悪は栄えないのだ。

それにしても大変な一日だった……。と浩太はため息をつきそうになるが、案外、悪いことばかりでもなかった。なぜなら今、隣に朱音さんがいる。

「こうして浩太クンと一緒に下校するのってどれくらいぶりかしらね」

夕日に照らされた桜並木。そのなかを朱音さんと連れ立って歩いている。赤い髪が風に吹かれ、夕日のなかで穏やかに揺れる様子はとても美しい。

「？　浩太クン、聞いてる？」

「あ、はい。聞いてますよ」

つい見惚れてしまっていた。咳払いで誤魔化し、話題を戻す。

「おそらく三年ぶりぐらいじゃないでしょうか。最後に朱音さんと学校が一緒だったのは僕が中一、朱音さんが中三の時ですから」

「三年ぶりかぁ。感慨深いものね。あんなに小っちゃかった浩太クンが今や立派に高校生だもの。背だって昔は私の方が高かったのにね」

「成長期ですから。きっとまだまだ伸びますよ」

「まあ生意気。でもこうしたらお姉さんの方が高いわよー?」

こちらの肩に手を置き、背伸びをしてみせる。浩太の体は沈み込み、逆に朱音さんの方はちょっと浮き上がる。身長差が逆転した。

「いやこれ反則じゃないですか」

「ふっふっふ、勝てば官軍というものよ」

「すごく朱音さんらしい発言ですが、その官軍には民衆はついてきませんよ、きっと」

冷静を装ってみたが、実は心臓が飛び出しそうだった。朱音さんの豊かな胸が目の前にある。膨らみに挟まれたネクタイのひしゃげ具合が実に生々しかった。ああ、まったく、どうしてこの人はこういう妙なところで無防備なのだろう。

「自分より背の高い男の子をこうして見下ろすのってなんかいいわね。クセになっちゃうかも。今度、海人クンにもやってみようかしら」

最後の何気ない一言で、一気に現実に引き戻された。変な焦りが胸に沸々と湧き起こってくる。

柊海人。朱音さんのそばにあんな奴がいるなんて……今日まで思いもしなかった。

「……あの、朱音さん」

肩に置かれた手を身じろぎでやんわりと下ろしてもらい、背筋を伸ばす。

「なあに？」

「あいつは……柊海人は朱音さんにとってなんなんですか？」

目の前に浮かぶのは、どこか含みのある笑み。

「なかなか面白い質問ね。どうしてそんなことを訊きたいの？」

反射的に浮かんだ理由は、下着姿を見慣れてるらしいから……だったが、さすがに言えない。

「海人から聞きました。中学生の頃から昼休みの度に彩峰荘にきて、朱音さんから小説を教わっていたって」

「ええ、その通りよ。『てにをは』の使い方からネットの投稿の仕方まで一通りね。最初にカクヨムに上げた時なんて、感想一つで大騒ぎしちゃって大変だったわ、本当」

懐かしそうな顔で楽しそうに言われ、思わず声が大きくなる。

「僕だって朱音さんから教わった書き手です！　でも海人は……っ」

　海人の小説は朱音さんに似ている。

　それは心の在り方が近いということ。小説は指紋と同じだ。本屋に並んでいる本を何十冊、何百冊見比べても、同じものは一つとしてない。模倣やパクリ、オマージュであってさえ、書き手が違えば根っこの部分は変わってくる。自分と近い——そう感じられる書き手に出逢えることは、砂漠のなかで一粒の砂金を見つけるに等しい。だから……。

「海人は……朱音さんと重なるものを持っている。僕にはない何かを朱音さんと共有している。そしてそれを物語に落とし込んでいる」

「だから、海人クンが私にとって特別な子だと？」

「……違うんですか？」

「そうねえ……」

　少し困ったように朱音さんは小首を傾げる。すると背後から突然声が響いた。

「おいコラ、本人のいないところで何こそこそ話してんだよ？」

　驚いて振り向くと、海人が鞄を肩に担いで、こっちを睨んでいた。

「海人!?　どうして……っ」

「どうしても何もあるか。俺はこれからバイトなんだよ。お嬢様の豪勢なお宅にお邪魔するんだ。今日も今日とて、雑用係をするためにな」

「バイト？　お嬢様？　……お宅？」

ワケが分からない。混乱していると、海人が歩いてきて朱音さんの鞄を無造作に取り上げた。そして皮肉っぽく言う。

「ほらいくぞ、朱音お嬢様」

「もう、何年経っても言葉遣いのなってないメイド君ね」

「メイド君はやめろっての……。普通に雑用係でいいだろ。ギリギリ譲歩したとしても、せめて執事とかにしてくれ」

目の前で空気の出来上がってる会話をされ、動揺した。

「ちょ、ちょっと待ってほしい！　どういうことなんですか⁉」

朱音さんと海人、どっちに尋ねていいかも分からず、声を荒げる。すると朱音さんが何食わぬ顔で口を開いた。

「海人クンは私の家でアルバイトをしてるのよ。放課後限定のお手伝いさん。庭の草むしりとかキッチンの掃除とか私の夜食作りなんかを毎日お願いしてるの」

「昔は新聞配達をしてたんだがな。どうにも環境が悪くて……朱音に拾われたんだ。新聞配達より給料出すし、執筆の時間も取れるだろうって」

そう言うと、海人はジト目になる。

「こいつの世話は本当大変なんだぞ。暇さえあればつまみ食いにくるし、脱いだ服は洗濯籠に入れねえし、極めつけは所構わず着替えて仕事の邪魔しやがるし！」

愕然とした。所構わず着替え……？　どういうことなんだ、それは!?

しかし朱音さんは平然と唇を尖らせる。

「なによー。海人クンがサービスシーンの書き方が分からないって言うから『ヒロインの着替えでばったり』を実践してあげてるんでしょう？」

「誰がヒロインだ!?　それに頼んでねえよ、そんなこと！」

「はあ、やれやれだわ……最初の頃は大慌てですっごく可愛かったのに、最近はめっきり反応も薄くなっちゃって……今日なんて部室で普通にブレザー羽織らせてきたでしょう？　初心で可愛い海人クンはどこにいっちゃったの？　お姉さんは哀しいわ」

「人間は学ぶ生き物なんだよ。羞恥心もなくしょっちゅう見せられてたら慣れるっての」

「あのね？　海人クンは私への尊敬と畏敬が足りないと思うの。家の仕事が早く終わったら自由に原稿書いて可、なんて素敵な労働条件まで付けてあげてるのよ？　もっと感謝して感激して崇め奉ってほしいものだわ」

「……それに関しては感謝してるって言ってるだろ。お前のおかげで書き始めの頃よりずっと原稿が捗ってるよ、実際」

海人は頭をかいてそんなことを言う。朱音さんも「素直でよろしい♪」と満更でもない様子だった。

正直、言葉が出ない。朱音さんの家が裕福なことは知っている。父親が有名な会社の役員をしているとかで、丘の上の神楽坂家といえば近隣に知らない者はいないほどだ。

しかしだからと言ってわざわざバイトとして雇うだなんて……。いくら朱音さんがメチャクチャだとしても特別扱いどころではない。たとえばそう、将来を誓い合った仲でもない限り、ありえないことじゃないのか……？

「まさか……」

朱音さんと海人の顔を交互に見て尋ねた。

「二人は……付き合ってるんですか？」

「はあ？」

すぐさま呆れた顔をしたのは海人の方だった。

「付き合ってねえよ。なんでそんな話になるんだ？」

「だって君はわざわざ朱音さんに雇ってもらっているんだろう⁉　しかも日常的に着替えまで見てしまうような仲で……っ」

「それはこいつのただの悪ふざけだ。だいたい、俺にとって朱音は——」

という言葉の途中で、海人はふと言葉を止めた。自分で言い出しておきながら、言葉の続きを探すように腕組みをする。

「朱音は……なんだろうな？　雇用主とか、あとは小説の師匠とか……」

独り言のように言って、海人は悩みだす。

一方、浩太は気づいてしまった。そんな海人のことを朱音さんが隣で温かく見守っていることを。……焦りがどうしようもなく加速する。

「海人、君は馬鹿なのか？」

「はあ？　なんだ突然」

「だってそうだろう？　小説を教えてもらったり、バイトとして雇ってもらったり、朱音さんは君にとって恩人以外の何物でもない。なのに、なぜその言葉がすぐに出てこない？　恩知らずにも程がある」

「あ……」

言われてみれば確かに、という顔だった。しかし素直に頷くのは癪らしく、言い返してくる。

「別に恩義に感じてないわけじゃねえよ。その、なんだ……俺は言葉よりも行動で返すつもりだからな」

「行動で？　だったら聞かせてもらおうか。君は何をして朱音さんに恩を返すつもりなんだ？」

「あら、それは私も知りたいわね」

朱音さんも入ってきて、海人の肩に肘を乗せる。興味津々という顔だ。

「手取り足取りここまで導いてあげた朱音お姉さんにキミはどんな恩返しをしてくれるつもりなの？」

「……んなこと、決まってんだろ」

その時、ふいに風が吹いた。

突然の突風が枝を揺らし、桜の花びらが一斉に降り注ぐ。

道行く生徒たちが驚いて空を見上げる。しかし柊海人の視線だけは揺るがなかった。

朱音さんを正面から見つめて、言葉を紡ぐ。

「俺はプロの小説家になる。お前と同じ場所を目指して、いつか辿り着く。それがお前への恩返しだ」

「――っ」

一瞬、朱音さんが驚いたように目を見開いた。

浩太もまた言葉を失い、立ち竦む。まるで思いきり殴り飛ばされたかのような衝撃だった。今の今まで感じていた焦りさえ通り越し、胸に溢れたのは誤魔化しようのない――敗北感。

プロの小説家になる。

そんな言葉、自分にはついぞ言えたことがない。言えるわけがないとさえ思う。それがどれほど困難な道か、自分はずっと肌で感じてきたから。

カクヨムも含め、小説投稿サイトには『書籍化』という可能性がある。編集者がサイトの小説に目を留めて、本として出版することを打診してくるのだ。書籍化すれば、実際の本屋に自分の小説が並ぶことになる。それは多くの小説投稿者にとって、大きな夢だ。

しかし書籍化のハードルは並大抵のものではない。ランキングの上位にくるような人気作であることは当たり前。そこからさらにプロの編集者に『これは！』と見初められる何かが必要になる。

もちろんどんな基準で選ばれているのかはまったく分からない。流行りに乗って選んでいるのかと思うこともあれば、ジャンルで一番の人気作よりも二番手、三番手の作品がある日突然書籍化されることもある。つまりは雲を掴むような話なのだ。

言えない。海人のように堂々と断言することなんて自分には出来ない。

「…………」

気づけば、いつの間にか俯いていた。柊海人という男から目を逸らさずにはいられなかった。朱音さんが小説家を目指していることはずっと昔から知っていた。そのための仲間を求めていることも分かっていた。

しかし、僕も……と言えたことは一度もない。叶うわけない。なれるわけない。そんな甘い世界じゃない。口を開く前に否定の言葉がいくらでも思い浮かんでしまう。

だというのに柊海人は当たり前のように口にした。

ああ、そうか……。

諦観と共に理解した。

きっと夢を叶(かな)えるのはこういう人間なのだ。

こういう奴(やつ)が『本物』のなのだろう。

夕陽(ゆうひ)に照らされ、花びらが舞うなか、静かに突きつけられた気がした。

自分は、天谷浩太(あまやこうた)は——どうしようもなく偽物なのだと。

「はは……」

乾いた笑い声がこぼれた。ひどい一日だ。たったひとりの人間との出会いで、こうも世界は裏返ってしまうものなのか。

ああ、まったく、本当に笑えてくる。

こんなふうに惨めな気持ちにさせられて。

こんなふうに自分に絶望してしまって。

それでもまだ——何も諦められないなんて……っ！

「僕だってッ！」

拳を握り締めて、声を張り上げた。突然の大声に二人が驚いてこちらを見る。

分不相応なのは分かってる。

力不足なことも理解している。

柊海人は本物で、天谷浩太は偽物だ。

しかし、それでも。

偽物が本物に挑んで何が悪い――っ！

「僕だってプロになります！　朱音さんの隣に並び立てるような作家になります！　絶対に……っ！」

桜の花びらが舞っていた。メガネのレンズの向こうに見えるのは、赤い髪の美しい人。

一歩を踏み出し、強く叫んだ。

「だから朱音さん！」

頭の片隅で冷静な自分が勇み足だと悲鳴を上げる。だがそんなのもう関係あるか。

「僕と付き合って下さい！　子供の頃からずっとあなたのことが好きでした！」

勢い任せの声が桜並木に響いた。火が出そうなほど顔が熱く、心臓は胸が張り裂けそうなほど早鐘を打っている。

永遠のような静寂。それを破ったのは海人の唖然とした声だった。

「お、お前……いきなり何言ってんだ⁉　一体、どういうタイミングだよ？　朱音のことが……す、好きだった⁉　付き合えって……お前、正気か？　朱音だぞ⁉　そりゃ顔はいいし体もすげえかもしれねえけど、でもこいつかなりとんでもない女だぞ⁉」

「うるさい！　部外者は黙っててもらおうか⁉」

「部外者……!? いや確かにそれはそうかもしれねえけど……っ」

ひどく狼狽しながら海人は朱音さんの顔色を窺う。

「お、おい、朱音、どうするんだよ? まさか浩太と付き合うなんてこと……」

「いいわ」

告げられた一言に浩太と海人は「「――っ!?」」と息をのんだ。

しかし続けてもたらされたのは、あまりに予想外の言葉。

「じゃあ、勝負をしましょう。人生を懸けた、ここ一番の大勝負をね?」

颯爽と髪をかき上げ、朱音さんは場違いなほど不敵に笑った。


翌日、放課後の彩峰荘には部員が勢揃いしていた。長テーブルを並べて会議仕様にし、それぞれがパイプ椅子に座っている。

困り果てた顔で挙手をするのは、副部長の小桜先輩。

「あのー、朱音部長……なんなんですか、この状況は。部長命令だって言うから一応、全員集まってはもらいましたけど、今日も新入生の勧誘しないといけないのに……」

部長の朱音さんは一番奥の席で手を組み、「ふふふ……」と意味ありげに笑っている。

「分かっているわ、紗矢ちゃん。新人の確保ももちろん大切よ。でもこっちも火急的かつ超重大な案件なの」

小桜先輩を含めた上級生たちは『また何か面倒なこと考えてるな……』という諦めムード。

一方、浩太も気が気ではない。勢いとはいえ、昨日は一世一代の告白をしてしまった。朱音さんからまだ返事はもらっていないし、その上、まわりは初対面の先輩ばかり。緊張で喉がからからに渇いている。

海人も落ち着きのない様子で隣に座っていた。昨日の件にやはり思うところがあるようで、事あるごとにチラチラとこちらを窺ってくる。そんな一同を朱音さんは見回した。

「だいじょーぶ。みんな、私の話を聞けばすぐに興味を抱くはずよ。なぜならば物書きとは常にドラマを求める生き物。もしも、ひと一人の人生が決まる瞬間に立ち会えるとしたら、こんなに胸躍ることはないでしょう？」

先輩たちは『どういうこと？』と文字通り興味を持ち始める。

「新入生の柊(ひいらぎ)海人クンと天谷(あまや)浩太クン。この二人のことはみんな知ってるわね？　海人クンはもちろん、浩太クンのことも私がよくあれこれ話して聞かせてるし」

どんな話をしてるんだろうか、と気にはなったが、口を挟むような余裕はなかった。

「実はね、彼らがこの度、決闘をすることになったの」

「け、決闘？」

小桜(こざくら)先輩が目を瞬(しばたた)く。海人(かいと)も「はあ？」と身を乗り出した。

「待て待て待て、俺と浩太(こうた)が決闘？　なんでそんな話になるんだよ？　昨日、浩太に告白されたのはお前だろうが」

ざわ、と先輩たちが一気にザワついた。浩太の顔も盛大に引きつる。何言ってくれてんだ、と。しかしもう一人の当事者である朱音(あかね)さんは至って平然としていた。

「何言ってるのよ、キミと浩太クンの決闘よ。当然でしょう？　もしも私が浩太クンと付き合うことになったら、海人クンはウチのメイド君のバイトをクビになるんだから」

「クビ⁉」

「だって彼氏がいるのに別の男の子を家に出入りさせることなんて出来ないもの」

「ぐっ、確かにそれは正論っぽい気はするけどよ……っ。でも待ってくれ。俺は澪(みお)のために絶対クビになんてなるわけにはいかないんだ！」

「だから決闘しなさい」

悪女のように笑い、朱音さんは華麗に髪をかき上げる。

「居場所なんて自分で死守しなきゃすぐに失(な)くなってしまうものよ。そして刮目(かつもく)せよ、肝心の勝負の方法は……これよ！」

横のホワイトボードが朱音さんの手でバンッと翻される。

一回転し、現れたのは『MF文庫Jライトノベル新人賞』の文字。

「MFの……」

「……新人賞？」

浩太と海人が順につぶやき、朱音さんが「そうよ！」と頷く。

「MF文庫Jは知っての通り、ライトノベルの編集部よ。とある情報筋によると、今回からカクヨムでの新人賞応募を受け付けるらしくてね。二人の対決の場として、これ以上のものはないでしょう？」

しかも、と朱音さんは周囲を置いてけぼりにして続ける。

「MF文庫Jは年四回の予備審査を行っているわ。大賞や最優秀賞は通年で選ばれるけど、佳作までは予備審査の段階で選出されるの。佳作ってことはつまり入賞よ。さあこれがどういうことか、分かる？」

大きく溜めを作り、鋭い視線が二人の少年を捉えた。

「いつかじゃない。いずれでもない。珠玉の一本を書き上げれば、わずか三か月で開くのよ。小説家への扉がね！」

やる気を煽るような強い言葉。しかし誰もリアクションを返せなかった。皆、まだ戸惑っている。なかでも浩太の困惑は凄まじい。感情がついていかない。朱音さんが何を考えているのかまったく分からない。

するとその困惑を察したように、ぽつりと言葉が付け足された。

「……ごめんなさい、浩太クン」

　打って変わって申し訳なさそうに。自分の体を抱くようにしながら。

「私ね、恋愛観とかそういう真っ当な感情が……少し壊れてるの。私という人間は同じ道をいく人にしか寄り添うことが出来ない。だからね、もしもキミが本気で私を欲しいと思うのなら——お願い、プロの世界に辿り着いて」

　どこか淋しげな笑みでお願いされてしまった。

　普段、女王のように振る舞っている朱音さんとは思えない弱々しさ。正直、告げられた言葉の意味はピンとこない。

　恋愛観が壊れてるだなんて、どういうことなのだろうと思う。しかしどうやら可能性がないわけではないらしい。それに好きな人にこんな淋しげにお願いされたら……断ることなんて出来なかった。

「……分かりました」

　覚悟を決めて頷いた。

「つまり僕と海人でMF文庫Jの新人賞に応募して、入賞を果たし、プロになった方が勝ちということですね。——やります。僕は海人を倒してプロになります。そして朱音さんと恋人になる！」

「な……っ!?　こ、浩太！　勝手に決めんなよ!?　俺はまだやるなんて一言も……っ。それに朱音のことだって……」

「怖いのかい？」

「はあ!?」

「僕に負けるのが怖いんだろう？　今日の総合ランキングでも僕の方が上だった。カクヨムから応募出来るのなら、なおのこと僕に分がある。怖いなら逃げても構わないぞ？」

「誰が逃げるか……っ！　上等だ。俺は妹のために働き口を失うわけにはいかねえんだ。新人賞でもなんでも出してやるよ！」

「よーし、話はまとまったわね！」

一転して朱音さんがご機嫌に言い、手を叩いた。

「さあ、舞台は整ったわ。存分に戦いなさい、少年たち。ただし」

前髪の下、双眸がすっと細められた。

「覚悟はしておいて。今、キミたちが開こうとしている扉、それは——戦場の入口よ」

戦場の入口。西日の加減のせいだろうか。その言葉を発した瞬間、朱音さんが何か得体の知れない生き物のように見えた。

……いやひょっとしたら実際にそうなのかもしれない。

小説家になりたくてなりたくて、あまりになりたくて、周囲を巻き込んでまで遥かな頂きを目指し続ける。それは尋常な生き方じゃない。

だとすれば試されているのだろう。まるで修羅のように進む朱音さんに果たしてついていけるのかを。

……やるさ。僕は必ず朱音さんの隣に立つ。

拳を握り締めて隣を睨む。まったく同じタイミングで海人もこちらを向いた。

火花が散りそうな視線の交錯なんて、物語のなかだけのことだと思っていた。しかし今この瞬間、確かに両者の視線は激しくぶつかり合っている。

と、そこで朱音さんがいきなり軽いトーンになった。

「あ、そうそう、それからね？」

ぽんっと手を合わせ、にっこり笑顔。妙に可愛らしくはにかみ、朱音さんはとんでもないことを言い出した。

「せっかくだからみんなの前で宣言しておこうと思うの。私、神楽坂朱音は……柊 海人クンか天谷浩太クン、今回の勝負で勝った方と――結婚してあげちゃいます♪」

一瞬、空気が瞬間冷凍されたような沈黙が生まれた。静寂は何秒も続き、だんだんと意味の咀嚼が進み、最終的に……その場の全員が一斉に叫んだ。

「「「はああああああっ!?」」」

交際の申し込みをしたはずなのに、話が一足飛びで結婚まで進んでしまった。しかも無関係なはずの海人まで巻き込んで。

無茶苦茶ぶりもここに極まれり。誰もが混乱するなか、朱音さんだけが照れくさそうに「え、えへへ」と頬を赤らめている。普段とのギャップで大変可愛らしいのが非常にずるい。

かくして。

柊海人と天谷浩太。少年たちの人生を決める、一世一代の勝負の幕がここに切って落とされた——。

エピローグⅡ　未来の私はかつてを想う

東京の某グランドホテル、柳眉の間。

戦場へようこそという出だしで始まった取締役社長の挨拶は今も続いており、シャンデリアの灯かりは抑えられている。

程よい薄暗さのなか、鮮烈な赤いドレスを身にまとった朱音はグラスをテーブルに置いた。乾杯前に飲み干してしまったので、そばを歩いていたウェイターを呼び止め、次のグラスをもらう。

こちらの奔放さに呆れたような顔をしているのは、隣にいる旧知の作家。彼は学生の頃の後輩でもある。肩を竦め、軽めのウィンクで応える。

「出版社のパーティーっていうのはね、飲んだもの勝ちなのよ？」

絶対嘘だ、と後輩は視線で言う。しかし軽やかに無視。シャンパンが美味しい。

朱音は指先で軽くグラスを振り、揺れる湖面を見つめた。

「一つ、訊いてもいいかしら？」

後輩の方は見ないまま、尋ねる。

「高校生の頃、キミは自分がここに辿り着けると本心から思っていた？」

返事はなかった。取締役の挨拶中だからか、それとも明言するのを避けたのか。

もとより返事は期待していない。朱音(あかね)は再びグラスを揺らし、湖面を波立たせる。

「私は思っていたわよ」

グラスを時計回りに揺らし、波が生まれる。

「私にはない光を持った、天谷浩太(あまやこうた)クン」

反時計回りに揺らし、逆の波が生まれる。

「私と同じ陰を持った、柊海人(ひいらぎかいと)クン」

揺れる湖面を見つめ、つぶやく。

「どちらか一方は数年後、私と一緒にこの戦場に立っているだろう、と思ってた」

ただ、もう一方は辿(たど)り着(つ)けないだろうとも思っていた。

契機になったのは、あの桜並木の告白。

物書きの精神というものは妙に強固でありながら、別の一面では恐ろしく脆(もろ)いことが多い。一度砕けてしまえば、二度と戻らないこともある。浩太クンから告白された時、分水嶺(ぶんすいれい)がきてしまったことを直感した。本当はまだずっと先だと思っていたのに……自分の返事如何(いかん)で、どちらかの少年はすべてを失ってしまう。そう気づいた。

「だからあの時、キミたちに勝負をけしかけたの」

ＭＦ文庫Ｊの新人賞コンテスト。プロデビューした暁には結婚するという約束。

「私なりのケジメのつもりだったわ。キミたちをこの道に引きずり込んだのはこの私だから……勝った方には私のすべてを捧げようと思った。身も心も何もかも……それぐらいしか責任の取り方がなかったしね」

なんでそこまで……、と今度は視線ではなく、言葉で問われた。

朱音は口元に淡い笑みを浮かべ、目を伏せる。普段、炎のように艶やかな彼女の髪もこの薄闇のなかでは輝きを潜めた。

「そこまでしてでも来たかったの。この場所にね」

壇上のスポットライトからは遠く離れた場所でつぶやく。

なぜ、と再び問われた。朱音は目を伏せて答える。

「淋しかったのかもしれないわね。ずっと……子供の頃から何をしてても、どこにいても、自分は部外者だという感覚があった。温かい輪のなかには入れてもらえない。……自分は独りだと最初から知っていた」

惨めな確信。絶望的な疎外感。

原因は後付けでいくらでもこじつけられる。生まれつきの赤い髪とか、父親が業界人という家庭環境とか、幼い頃の同性同士のギスギスした友人関係とか……理由を探そうと思えば、いくらでも数え上げることは出来た。

けれど結局、自分はそういう気質だった、というだけのことなのだろう。あるいはただ弱かっただけ。誰もが乗り越えられる幼少時の小さな孤独を乗り越えることが出来ず、心に穴が空いたまま成長してしまった。

「ま、ありがちな言葉で言えば、生きることが苦痛な側の人間だったのよ、私も」

けれど、と朱音（あかね）は囁（ささや）く。

「……たった一つの物語が人生を変えてくれることがある」

笑みは遠い昔を懐かしむように。

「きっかけはパパの本棚にあった物語。何度も何度も読み返したせいでボロボロでね、逆に興味を惹（ひ）かれたの。それは――」

それは創作という戦場に向かう、少年たちの物語。

彼らは時に傷つけ合い、時に呼応し、覚醒していく。

必要なのは絶望と焦燥感。少年のひとりは問われる。それでも来るか、と。

朱音は暗闇のなかで手を伸ばす。

「――行きたい、と思った。私も。心から」

読み終わった時には、声を上げて泣いていた。涙と嗚咽（おえつ）が止まらなかった。

行きたい。

あの戦場に。

あそこならきっと私も生きることを赦（ゆる）される――。

だから仲間を求めた。もしも自分と同じような気持ちで戦場を目指す人間がいてくれたならば、きっと寄り添うことが出来る。孤独さえも分かち合うことが出来るはずだと。

近所のサッカー少年たちのなかに飛び込んだり、高校の部活を乗っ取ったり、倒れた新聞配達少年を拾ったり、そうして無数の試行錯誤の果て……やがてここへ辿り着いた。

神楽坂朱音は戦場に立った。物語を紡ぐ側の人間になれた。

「それで……」

ふいに口を開き、後輩が『淋しさは消えたのか』という意味の問いを投げかけてきた。

朱音は唇に苦笑を浮かべ、頭上を見上げる。

「さあ、どうかしらね……。戦場に辿り着けば、今度は戦場の物語がある。そう簡単じゃないわ」

肩を竦め、一気にグラスを飲み干した。後輩がまた呆れ顔をする。腹が立ったので、腕を絡めてしなだれかかってやった。Ｆカップが問答無用で密着だ。

「何よ、その顔。嬉しくないの～？」

動揺する後輩をニヤニヤ笑いでからかってやる。

そうして困らせながら、耳元で小さく囁いた。

「良いこと教えてあげる。今の私の夢はね、いつかあの物語のような戦場の話を書くことなの。当然、テーマは小説でね。……もちろんあの日憧れた『あの物語』には遠く及ばない。きっと書けば書くほど、憧れとの差に絶望することになるでしょう……。それでも書きたいの。あの日、希望をくれた感謝を込めて、届かない月に手を伸ばすような敬意を込めて、今日までの人生すべてを懸けて……書きたいの」

　そう言って、だが次の瞬間、朱音（あかね）はフ……っとやさぐれた顔になる。

「まあ、今のところまったく書ける当てはないんだけども。どこの編集部に持ち掛けてもオッケーもらえないし。くっ、ラノベ作家モノのハードルの高さが憎いわ……っ」

　後輩はこれまた呆（あき）れ顔。色々言いたいことはあるが面倒なので言わないという雰囲気だった。朱音はもはや絡み酒の様相を見せ始め、ジト目を向ける。

「ちょっとなんとか言いなさいよ。キミも無関係じゃないのよ？　私がラノベ作家モノを書くとしたら、絶対キミも登場することになるんだからね？」

「……っ」

　絶句する後輩。良い気味だ。朱音は抱き着いた腕をさらに深く胸へと埋（うず）める。

「当然でしょう？　私の作家人生にキミと、キミのライバルだったあの子は不可欠なんだからね？　なんたって、キミたちの勝負の結果がこれなんだから」

　朱音は左手を掲げ、自分の薬指を示す。

「責任取って登場人物になってもらうわよ？　あの結末に――キミがどんな感情を持っていようとも」

第三章　持たざる者の戦い

桜前線が過ぎ去っていく足は速い。いつの間にか花は落ちて、葉桜の季節になった。

暦は五月。ゴールデンウィークである。

連休中ではあるが、海人（かいと）は今日も朱音の家で雑用をこなしている。今は私服のパーカー姿で、庭の芝生を整えている真っ最中。敷地はちょっとした公園くらいの広さがあり、手押し式の芝刈り機で延々と往復作業をしていた。

「無駄に広過ぎなんだよ、この家は……」

芝刈り機が電動なのが唯一の救いだ。

近隣の住民から丘の上のお屋敷と呼ばれている通り、朱音の家はハリウッド映画にでも出てきそうなほどの豪邸だった。

アーチ状の鉄柵門をくぐると、目の前には青々とした芝生が広がり、中央には噴水まである。白亜の屋敷には玄関ホールに赤絨毯（じゅうたん）が敷かれ、二階へいくにはなんと螺旋（らせん）階段を使う。廊下のあちこちに絵画が飾ってあり、行く先々にウン十万としそうな美術品が置いてある。

月に一回、専門の業者が入って庭のメンテナンスや屋敷のクリーニングを行うのだが、た。

それ以外は基本野放し。よって日常の清掃その他をちょこちょこやるのが海人の仕事だった。

中学二年の時、カクヨムの初投稿の一件の後、朱音から『それじゃあ、そろそろ話してくれる？　キミのお家の事情とかその他諸々のこと』と言われ、『こいつにだったらもう何もかも晒していいか……』と思い、洗いざらいを話した。

出逢い方が出逢い方だったし、いつも生傷は絶えないしで、朱音も色々察してはいたのだろう。黙ってこちらの話に耳を傾け、すべて聞き終えると朱音はおもむろに言った。

『環境も才能よ。今の状況がキミの魂を醸成したのならば、いつかそれをも感謝できる日がくるのかもしれない。――でも書き手が人の道から外れてしまいかけるほどの環境は行き過ぎだわ。出来る限りのことをしてあげる。私が出来る限り、すべてのことをね』

そう言い、朱音は自分の家を働き口にしてくれた。

朱音の親父さんの口添えで配達所も穏便に辞めることができ、新聞配達以外の労働に役所はいい顔をしなかったものの、これも神楽坂親子が手をまわしてくれて、幸いにも最終的には許可が下りた。

生活はだいぶ楽になり、精神的に余裕も出来たように思う。父親は相変わらずだが、こっちの気持ちに余裕が出来たおかげか、最近は大事になる前に多少いなせるようにもなってきた。

中二からなので、朱音の家での仕事はもうそこそこ長い。月一でやってくる業者にちょこちょこ聞いて、水回りや配電盤も軽くならいじれるようになってきた。

とまあ、その辺はいいのだが……。

問題は浩太との勝負だ。

一体全体、なぜこんなことになってしまったのか。別に勝負すること自体はいい。ずっとランキングで競ってはきたし、自己紹介の時にこっちからライバルと言った手前、表立っての勝負は望むところだ。

しかし負けたら職を失うというのはあまりに辛い。澪の将来のためにはまだまだ学費を稼ぐ必要がある。わりのいいこの家の仕事を手離すわけにはいかなかった。

「けどなぁ。もしも勝ったら……」

一瞬、妙な想像をしてしまい、慌てて首を振った。

ポケットからスマホを取り出し、芝刈り機を押しながらカクヨムのサイトを開いて、思考を切り替える。以前使っていたスマホは配達所を辞めた時に返却し、今手にしているのはここで働き始めてから自分で購入したスマホだ。

画面に表示されるのはＭＦ文庫Ｊの公式ページ。

新入生勧誘の時に朱音が言った通り、あれからまもなくしてＭＦ文庫Ｊがカクヨム上での新人賞コンテストを始めた。

海人、浩太共に応募済みである。

賞に応募する際は新作を書き下ろすものだと思っていたが、カクヨムの場合はなんと今まで更新していた小説をそのままエントリーしてもいいらしい。

浩太が既存の幼馴染モノで勝負に出たので、こっちも今まで書いてきた復讐勇者の話でエントリーした。しかし、である。

「なんで以前よりランキング離されてんだよ……っ!?」

頭を抱えた。苦悶の声が噴水のせせらぎと共に庭に響く。負けるわけにはいかないし、勝っても困ることはあるのだが、こうして彼我の差が目に見えると、色んな理屈を通り越してやっぱり悔しい。

見ているのはMFの新人賞ページに掲載されたランキング。

普段見ている総合ランキングとは顔ぶれが少し異なっている。というのもMFの新人賞にエントリーしている小説だけが総合ランキングから抽出され、上から順に表示されているのだ。

母数が少ない分、総合ランキングよりも高い順位が表示されるので、定石で言えば浩太と海人の差も縮まるはずである。

だが、しかし。

抽出ランキングでの浩太は7位。一方、海人は28位。長年、僅差のところにいたはずなのに、いつの間にか差が開いていた。母数の少ない抽出ランキングでこれなので、いつもの総合ランキングではさらに差が広がっている。

ちなみに海人のランキングが下がったのではない。ここにきて浩太がどんどん伸びているのだ。

通常の新人賞において、ランキングの順位は審査とは無関係と言われている。抽出ランキングもちょっとした盛り上げのためのものだろう。それでも悔しいものは悔しいし、焦るものは焦る。

「クソッ、一体、何が要因なんだ……っ。浩太の小説なんて、相変わらず主人公と幼馴染がイチャコラしてるだけじゃねえか！　なのになんで俺のが横ばいで、浩太ばっかり評価されてるんだよ……っ」

芝をガリガリ削りながら苦悩する。勢いがついて仕事は捗るが、気分は晴れない。そうしていると、屋敷のテラスから朱音のからかい声が響いてきた。

「ちょっとー。張り切るのはいいけど、やり過ぎて庭を月面にしちゃダメよ、メイドくーん？」

「……っ」

一瞬、変に意識してしまい、体が強張った。しかし意識してる自分を認めたくなくて、声のした方を思いきり睨む。

「だからメイド君はやめろっての！　こっちは働いてるってのに優雅なもんだな、あんたらは……っ」

そこには朱音（あかね）だけではなく、彩峰荘（あやみねそう）の上級生たちが勢揃（せいぞろ）いしていた。

ゴールデンウィーク中、朱音の発案によって、彩峰荘の部員たちはこの神楽坂（かぐらざか）邸で執筆合宿を行っている。

海人（かいと）と浩太（こうた）は勝負でカクヨムに掛かりっきりだが、先輩たちは以前に朱音の言っていた季節ごとの冊子のために原稿を書いている。

今は休憩で優雅にティータイム中らしい。テラスには屋外用のパラソルとテーブルセットがあり、皆、お茶菓子と紅茶を楽しんでいる。

勤労少年の海人に対し、先輩たちがそれぞれに声を掛ける。

朱音の横で申し訳なさそうな顔をしているのは、副部長の小桜（こざくら）先輩。

「ごめんね、柊（ひいらぎ）君。えっとね、柊君の分もクッキー残しておくから庭掃除が終わったら食べてね？」

「ありがたいんスけど……小桜先輩、今まさにそのクッキーが湯水の如（ごと）く消費されてるんスけど」

小桜先輩は上級生たちのなかでもまともな部類だ。海人も一応気を遣って、砕けた感じだが敬語を使っている。ただこの人はまわりのキャラが濃すぎてあまり当てにならない。

「湯水の如く消費……？　あっ！　アー子さん、それは柊君と天谷君のために取っておいた分ですよ⁉」

「気にしない気にしな～い。天才の脳には常に糖分が必要なんだよ」

小桜先輩の横でひょいひょいクッキーを口に放り込んでいくのは、三年のアー子さん。もちろんペンネームだ。

科学部と兼任していて、いつでも白衣を羽織っているという奇特な人物である。書くのも読むのもＳＦが専門で、常に朱音並のマイペースさを誇っている。

「今ネタに詰まっちゃっててさ、糖分を取ってどうにかアイデアを絞り出したいんだよ。エルゴ球とペンローズ過程以外の方法でブラックホールからエネルギーを抽出する方法があるはずなんだ。もちろん作中の25世紀の科学力の範囲内でね。というわけだから柊ちゃん、晩御飯は当分たっぷりのショートケーキがいいな！」

「んな晩飯があるわけねえだろ。栄養偏るだろうがちゃんと飯食え、飯！　っていうか、なんで俺が作る前提なんだよ⁉　そりゃ昨日はなんか流れで俺が作っちまったけど、合宿なんだから自分たちで作れよ！　夕方過ぎたらもう業務時間外だっての！」

「えー。私、実験は得意だけど、台所なんて立ったことないし。しかも朱音ちゃんとこのキッチン、高級過ぎて使いづらそうだし。みかぽよちゃん、料理とかできる？」

「アー子パイセン、マジ受ける。あーしのこの爪見て料理出来るかとか、いとおかし祭りでしょ。兵者(つわもの)共も夢のアフターフェスティバルだし」

がっつりネイルされた手をひらひらさせて笑うのは、二年のみかぽよ先輩。

見た目はギャルだが中身もギャルで、けれどもなぜか純文学を愛好している。大正昭和の文豪が好みのタイプだとかで、ギャルな見た目とは裏腹に書くのはどろどろした心中モノ。いつか渋いイケメン作家を見つけて、心中パーリィをするのが夢らしい。正直、どうかしている。

「ここはいっちょ料理はうみんちゅっちに全任せしちゃいましょーよ。へい、うみんちゅっち！　美人揃(ぞろ)いのパイセンたちの胃と恋慕をげっちゅーしちゃうチャンスだぜ？　上手(うま)くいけば、恋文と切断した小指をセットでもらえちゃうカモ！　やったね！」

「やったねじゃねーし、やる気もねーし！　なんなんだよ、切断した小指って!?　すげえ怖(こえ)えし、それあんたがこないだ書いた遊郭話のオチだろ!?　遊郭が全焼するゴリゴリの全滅エンドだったじゃねえか！　あとうみんちゅっちってやめろ！」

「えー。ノリ悪いなー。じゃあ石楠花(しゃくなげ)っちは？　なんか鍋でグツグツ似るのとか呼吸するように出来そうじゃん？」

「みかぽよ、ひとを闇鍋愛好家みたいに言わないでくれる？　あたしの掛け合わせには理念があり理想があり理屈があるのよ！」

そう言い、異様にメガネをギラつかせてこっちを見るのは、同じく二年の石楠花先輩。

フードを目深に被っていて、ぱっと見は魔女のような印象。しかしこの石楠花先輩がどんな話を書くのかを海人はまだ知らない。なぜか読ませてくれないのだ。ただ言動からなんとなく察することはある。

「論理的かつ建設的に提案するけど、ここはやっぱり一年生コンビが食事を作ることが最適解だとあたしは思うの。柊君と天谷ちゃんの一年生コンビでね！　柊君と！　そして天谷ちゃんでね！　逆は駄目よ？　逆にしちゃゼッタイ駄目！　柊君×天谷ちゃん。これが真理にして至高にして最高峰の鍋なのよ。ぎゅふふふふふふふふふふふ！」

「おいやめろ、その淀んだ目で俺を見るな!?　あんたにその目と笑い声を向けられると、なぜか悪寒が止まんなくなるんだよ……っ！　おいやめろ、本当にやめろ!?　こっちを凝視しながら怒涛の勢いで謎の物語をノートに書き始めるなーっ！」

朱音を含めたこの五人の女子たちが彩峰荘の先輩たちである。ちなみに男子は海人と浩太だけ。結局、二人以外の新入生は入らなかった。

ハーレムみたいなものと言えば聞こえはいいが、海人は最初の紹介で朱音のメイド君扱いされたため、今や完全に先輩たちのオモチャになっている。彩峰荘の扉に張った『まともな部員募集中！』の張り紙は残念ながら儚い夢と消えたのだった。

「悪夢だ……。普段、朱音の世話だけでも大変なのに無法者の先輩共まで増えて、このゴールデンウィークは俺にとって醒めない悪夢だ……」

もうまともに相手をするのも疲れ、芝刈り機に体重を預けてふらふらとテラスから離れていく。すると朱音が「手のかかる子ねえ」と肩を竦め、席を立った。こっちにやってくる。

「こらこら、庭を月面にしちゃダメって言ってるじゃない。丁寧にやらないと抉れて下の地面が見えちゃうわよ？」

「……うるせえよ。仕事中に話しかけんな」

「まあ、雇用主のお嬢様にひどい口の利き方。ダークな奴隷モノだったらきっと鞭で百叩きの刑よ？」

「やかましい年上たちにからかわれて、俺の心はすでに百叩き状態だよ」

電動音を響かせて芝を刈っていく。あえて朱音の方は見ない。というか見られない。

「もう、拗ねちゃって。澪ちゃんがそんな顔を見たらお兄ちゃんに幻滅しちゃうわよ？」

「……澪は関係ないだろ、澪は」

いきなり妹のことを言われ、結局朱音の方を向いてしまう。この自称お嬢様と可愛い妹は面識がある。神楽坂邸で働くようになってから何度か鉢合わせする機会があったのだ。恐ろしいことに二人は気が合うらしく、『澪ちゃん』『朱音ちゃん』と呼び合う仲になっている。可愛い妹が変な影響を受けないか、兄としては気が気ではない。

「澪ちゃんも連れて来ればよかったのに。部屋ならたくさん余ってるんだから遠慮することなないのよ？」

「遠慮じゃねえよ。純粋に教育上の問題だ」

十メートルほど後方のテラスで騒いでいる先輩たちにジト目を向ける。朱音だけでも心配なのに、ウチの可愛い澪をあんな集団に会わせてたまるか。

ゴールデンウィーク中、海人が神楽坂邸に寝泊まりしているので、澪は同じ町内の親戚の家にいっている。父親の妹、つまり叔母の家だ。

旦那の方が柊家の問題に関わりたがらないので普段はあまり交流がないのだが、長期休みの時だけは叔母が『せっかくのお休みなんだから』と旦那を説得し、数日面倒を見てくれることがある。今回はその厚意に甘えさせてもらった形だ。

おかげで海人は安心して合宿に参加し、現在はこうして……先輩たちのメイド君になっている。

「何をやってるんだろう、俺は……」

思わず遠い目になってしまった。せっかく学校が休みで原稿に集中できるチャンスなのに時間を浪費している気がしてきた。

「悩んでるわねー、少年」

朱音が横に並び、顔を覗き込んできた。ちなみに服装は胸元ゆるゆるの肩出しセーターにミニスカート。谷間が思いきり見えてしまい、海人は慌てて逆を向く。

「ち、近いんだよ、馬鹿！　なんでお前はそんなに無防備なんだ……っ」

「えー？　なによー。私とキミの距離感なんて、いつもこんなもんでしょう？」

「その距離感が近いって言ってんだよ……っ」

　本当、イライラさせられる。何を考えているんだ、こいつは。

「お前、浩太の恋人になるかもしれないんだろ？　だったらあんま俺と親しくしてたら駄目だろうが……」

「あー、それでなんか最近私のこと避け気味なの？」

「…………わりぃかよ」

「でもほら、キミのお嫁さんになっちゃう可能性もあるわけだし？」

「だからそれがワケ分かんねえんだっつーの！」

　思わず足を止めて叫んだ。

「お前、それでいいのかよ!?　大事な自分の将来をまるで勝負の景品みたいな扱いして！　分かんねえけど……こういうことって、もっとちゃんとするもんだろ!?」

　勝負に勝った方と結婚する。

　これが朱音以外の人間が発言したことならば、海人もこんなに狼狽はしない。たとえば先輩たちの誰かが言ったのだとすれば、ただの冗談だと思うだろうし、そうでなくても最終的には有耶無耶になるだろうと考えるはずだ。

しかし神楽坂朱音は違う。小説が絡んだ時のこいつは常に本気だ。もしも勝者が望んだならば、朱音はきっと躊躇いなく身も心も捧げるだろう。

それが分かっているから、浩太などはあの日から猛然と執筆に集中している。今も屋敷の部屋のどこかで小説を更新しているはずだ。しかし海人は乗り切れない。どうしても戸惑いや躊躇いが先にきてしまう。

「あのね、一応言っとくけど、私だって誰にでもこんなことするわけじゃないわよ？」

困ったような顔で朱音は腕組みをする。

「海人クンと浩太クンは私が見出し、育てた書き手。キミたちにだったら私は自分の人生を差し出してもいい。他の人相手だったら、こんな覚悟は出来ないわ」

「けどよ……」

「キミはどうなの？」

「お、俺？」

「そうよ。私はキミのお嫁さんになってもいいと思ってるわよ？　海人クンは私のこと、どう思ってるの？」

「いや俺は……っ」

直球のやり取りに動揺を隠せない。

浩太に言われた通り、朱音は恩人だ。朱音がいなければ自暴自棄な自分から抜け出すことは出来なかったし、理不尽な配達所を辞めることも出来なかった。

朱音（あかね）に幸せになってほしいかと訊（き）かれれば、素直に頷（うなず）くことは出来ると思う。しかし勝負の結果として、朱音をものにしたいかと訊かれれば……。

「……俺が小説を書き始めたのは、澪（みお）の将来のために学費を稼ぎたかったからだ。朱音とどうこうなるためじゃない」

目を逸（そ）らし、早口で言う。

「俺はお前のことなんてなんとも思ってねえよ」

「あら、そうなの？　へー、それは残念」

軽い口調で肩を竦（すく）め、まったく信じてない顔だった。こっちはムキになってしまう。

「澪のためにもクビになるわけにはいかねえから勝負自体はする！　けど勝ってもお前とどうこうなる気はねえからな!?　俺にだって選ぶ権利があるんだ。覚えとけ！」

「わ、生意気ねー。まあいいわ。今日はこれぐらいにしといてあげる」

自分の毛先をくるくると手いじりしながら余裕顔。くそ、腹立たしい。

「でも海人（かいと）クン、大口叩（たた）いてもらった後でこんなこと言うのもなんだけど、肝心の勝負も行き詰まってるんじゃない？　ＭＦの抽出ランキング、伸び悩んでるわよね？」

「う……っ」

図星だった。

「やっぱり気にしてるのね。そうじゃないかと思ったわ。相談したいのなら、お姉さんが聞いてあげるわよ？」

さすがにやや面食らった。

「いいのかよ？」

「なにが？」

「なにがって……勝負なんだぞ？　エントリー中の小説にお前のアドバイスをもらうのは卑怯（ひきょう）っていうか、なんていうか……」

　今回のコンテストの場合、エントリー中でも小説の更新・改稿が許されている。だから朱音のアドバイスをもらえるなら願ってもないことだが、さすがに気が引けた。

「別に浩太（こうた）クンが相談してきても私はアドバイスをしてあげるわよ？　勝負の結果うんぬんの前に、まずはキミたちがより良い作品を書き上げられることが大切だもの。文芸部の部長さんとしてお話を聞いてあげるわ」

「部長として……か」

　それならばアリなのだろうか。確かにそもそも小説を教えてくれたのは朱音だ。どうすればいいか迷った時、相談するとなればやはり朱音しかいない。

　芝刈り機のバーから手を離し、向き直る。

「どうしたら俺はもっとランキングを上げられる？」

「男の子って本当順位にこだわるわよね」

腕を組んで訳知り顔。

「そもそもの話だけど、抽出ランキングを気にする必要はないわよ。あれは審査に影響しないし」

「分かってる。でも極端な話、1位と100位じゃ編集者の印象も変わってくるだろ？」

たとえば入賞候補の作品が二つあったとして、その面白さが同程度だとしたら、順位の高い方に心証が傾くこともゼロではないはずだ。ランキングはカクヨム読者のフォロー数や評価数で決定されている、言わば明確な人気の指標だ。入賞作品が本として出版される以上、そういう商売っ気を編集者がまったく考慮しないとは言えないと思う。

「まあ確かにランキングが高くて困ることはないとは思うけど……」

「だろ？」

「ただ、ランキングはあくまで結果に過ぎないわ。キミの根本的な問題はもっと別のところにあると思うの」

「俺の根本的な問題……？」

「そう」

わざと一拍置き、朱音(あかね)は告げた。

「カテゴリーエラーよ」

「カテゴリーエラー……？」

聞き慣れない単語に眉を寄せる。だと思ったわ、という顔をする朱音。

「海人クン、ＭＦの小説は読んだことあるわよね？」

「当たり前だろ」

「レーベルカラーとしてやっぱりＭＦは昔からラブコメが強いわ。もちろんバトルやコンゲームモノの名作もたくさんあるけど、ラブコメを求めてカクヨムの公式ページを覗く読者は少なくないでしょうね。で、そんな読者たちが抽出ランキングを見たら、まずどんな作品から読み始めるのが多いと思う？」

あ、と思わず声が漏れた。

「ラブコメになるよな……それが浩太が伸びてる理由か！」

「そういうこと」

浩太がエントリーしたのは昔から書いている幼馴染同士のラブコメだ。ランキングから小説ページに飛べるので、ラブコメを求めてきた読者に読んでもらえる機会は確実に多くなる。となれば順位が上がるのも自然なことだった。

「要は浩太クンはレーベルのカラーと作風がマッチしてるのよ。翻って海人クンの場合はどうかしら？　キミがエントリーしてるのはどういう話？」

「……勇者になれなった主人公の復讐譚だ」

現在は主人公が魔王の四天王の一角に止めを刺そうとして、人間の子供に『その魔物さんを殺さないで！』と泣きながら懇願されているところだ。復讐心と子供の純真の間で揺れ動き、ストーリーの盛り上がりどころだと思っている。

なのにランキングが伸びないことに納得がいかなかったのだが……今の朱音の説明で腑に落ちてしまった。

「俺の作風は不利だってことか……」

「ランキングに限って言えばね—

朱音は厳しい目で頷く。

「実際のところ、ＭＦの編集部がキミのような作風を求めているかも微妙なところなの。復讐モノも確かに流行りのジャンルではあるけれど、キミの場合、あまりにも雰囲気が暗すぎる。盛り上がりどころでは文章が固くなるクセがあるし、雰囲気もみかぽよちゃんが好きそうな陰々滅々とした純文学調になりがち。ポップさがないのよ。あれはもうライトノベルとは言えないところまできてしまっている。それがカテゴリーエラー、つまりは畑違いということ。現状では正直、入賞は厳しいわ」

「お、おい、ちょっと待ってくれよ……っ」

軽い相談のつもりが死刑宣告のようなことを言われてしまった。

「エントリーから一か月近く経ってるんだぞ!?　そこまで分かってて、なんで今まで教えてくれなかったんだ⁉」

「海人クンが聞いてこないんですもの。さすがの私もなんの取っ掛かりもなく『このままだと無理だと思うわよ？』なんて深いところまで助言は出来ないわ」

「無理だと思うって……っ」

眩暈がした。勇者の話は中学の頃からずっと書き続けている、一番思い入れのある物語だ。話数は三桁に上り、文字数だって十万や二十万じゃない。それがここにきて、今さら勝ち目がないと言われてしまった。

「俺はどうすればいいんだ……？」

喉がからからに渇いていく。

「俺はあの話が書きたいんだ！　気に入ってるんだ。大切なんだ！　なのに……書きたいものを書いてたら駄目だって言うのか⁉」

「そう言われると、さすがに胸が痛むわね……」

朱音は本当に辛そうな顔で唇を噛んだ。しかしその感情を振り払うように首を振り、強い視線でこちらを見据える。

「――プロの小説家になる。キミは私にそう宣言したはずでしょう？」

赤い髪が火花のように舞い、視線で覚悟を問うてくる。

「いい？　一度、デビューしてしまえば世界は変わるわ。良い方にも、悪い方にもね。市場の流行や編集部の意向、読者の期待や自身の懐事情……色んな理由で『作者の書きたいもの』だけが作品の構成要素ではなくなるの。有り体に言えば、書きたいものが書きづらくなるわ。人によっては『だからこそ応募作は書きたいものを書くべき』って意見もあるかもしれないけれど、私はそうは思わない。小説家を目指すというのなら、なる前から覚悟は決めておくべきなのよ」

「つまり朱音は……」

気持ちが怯み、自然に声が小さくなった。

「今書いてる話を捨てろって言うのか……？」

「勝ちたいのならそうすべき。それが私の考え方」

「そんな馬鹿な話があるか……っ」

ショックだった。小説を書く喜びを教えてくれたのは朱音だ。その朱音にまさか物語を捨てろと言われるなんて……っ。

「それは間違ってるだろ⁉　書きたいものを書かなくて何が小説だ⁉　お前、いつか言ってたろ⁉　自分自身よりも自分の作品を否定される方が傷つく、それが物書きだって！　それと同じだろ⁉　作品を捨てることは自分の半身をもがれるようなもんだ！　そんなの正しいはずがない……っ」

「分かってる。ちゃんと分かってるわ」

慟哭を受け止めるように朱音は深く頷いた。

「だから今言ったのはあくまで私だけの考え方。今回に限っては私の言うことも絶対の正解じゃないわ。多くの編集部は応募要項で『ジャンルは問わない』と明記している。つまり受け皿は存在するの。一時代を築くような本物の天才ならば、カテゴリーエラーすらも吹っ飛ばせるのよ」

「本物の天才……」

「よく考えて、それから答えを出しなさい。自分は群を抜くような天才なのか、理論を積み重ねて構築する秀才なのか、感情の赴くままに表現する芸術家なのか、誰も追い付けないほど突き抜けた変態なのか、それとも泥水を啜ってなお進む凡才なのか……自分が何者なのか、考え抜いて決断するのよ」

そう言うと、朱音はふっと肩の力を抜いて笑みを浮かべる。

「幸い、我が彩峰荘には色んなタイプの書き手がいるわ。みんなにも意見を聞いてみて。きっと参考になるはずよ」

「…………分かった」

すぐには気持ちの切り替えができないが、やるしかない。

今のままではカテゴリーエラーで勝てない。挽回するには書き続けてきた物語を捨てるしかない。誰よりも信頼している朱音にそんなことを言われてしまったが……それでも負けるわけにはいかないから。

「そんな顔しないの。本当、小説のことになるとナイーブなんだから。はい、あーん♪」

「あ？　……むぐっ⁉」

突然、何かを口に放り込まれた。反射的に噛むとサクッとした歯応え。クッキーだ。

「キミの分。アー子ちゃんから一つ奪取しといてあげたわ。疲れた時は甘い物よ。よーく味わって元気出しなさい」

ひらひらと手を振り、朱音はテラスに戻っていく。

「ったく……」

正直、まだ気分は重たい。しかし悔しいことにクッキーを咀嚼していると、多少は気分が持ち直してきた。確かに疲れた時は甘い物が効くのだろう。


それから二日ばかりかけて、彩峰荘の書き手たちに話を聞いてみた。みんな揃っている時だとまた面倒なことになるから、機会を見計らって一人ずつだ。

ＳＦ畑のアー子さんは夕食後の皿洗いをしている時にキッチンにきたので、朱音が隠していたチョコのつまみ食いを許して話を聞いた。

「んー、柊ちゃんが知りたいことってつまり『書きたいものと書かなきゃいけないもの、どっちを優先するか？』って話だよね？」

洋酒入りのウィスキーボンボンを口に放り込み、アー子さんは白衣の裾をひらひらさせる。

「だったら私は当然『書かなきゃいけないもの』だね。迷う必要なんてどこにもないよ」

「どうしてそんなふうに断言できるんだ？」

「科学っていうのはルールの積み重ねだからね。真空からエネルギーを取り出すとか正直なんだそりゃって思うけど、現代物理学でそれが是とされてるなら、私は逆えない。そのルールを基盤として小説を書く。同じように目的が明確で、必要な過程が決まっているなら、それに逆らう理由はない。もし私が柊ちゃんだったら勝つために新作を書くよ。まあ性格的にルールに従うことに慣れてるんだね、私は」

「柔軟なんだな……」

自分はそんな簡単に割り切ることはなかなかできない。しかし考え方としては正しいのだろう。

純文学ギャルのみかぽよ先輩はリビングでネイルをしているところを見かけた。同じ質問をしてみると、返答は恐ろしくシンプルだった。

「あーしは書きたいものを書きますよん。それ一択。他に選択肢などナッシング。決まってんじゃん」

「でも……それで勝てなかったら意味がない。違うか？」

みかぽよ先輩は塗りたてのネイルに「ふー」と息を吹きかけ、きれいに整えられた眉を上げる。

「うみんちゅっち、文学は心を描き出すものだよ。心を曲げて表現が成り立つの？ あーしが丹精込めて書き上げた一作が認められないのだとしたら、それは評価した人たちが間違っている。迎合はしない。忖度もしない。それが作家です。違う？」

「いや、なんていうか……」

この人はそもそも誰かに認められようという発想がないのかもしれない。おそらくは生粋の芸術家。『うみんちゅっちって言うな』と突っ込むことすら出来なかった。

魔女っぽい石楠花先輩は捜すまでもなかった。翌日、浩太との一年生コンビで朝食を作っていると、ふと視線を感じ、後ろを見たら石楠花先輩が血走った目でノートにメモ書きをしていたからだ。うわぁ……とは思いつつ、食器を出しながら話を聞いてみた。

「あたしが柊君の立場だったら、新人賞のコンテストに出ること自体を諦めるわ」

「え……。どうしてか聞いていいか？」

「だってほら、あたしの書くものってモデルに訴えられたら一発アウトだし……」

「あー……」

なんの参考にもならなかった。しかし石楠花先輩はさらに一言二言付け足した。食器運びを手伝ってくれつつ、軽く苦笑をして。

「小説を書くっていう行為は、そもそもがすごくプライベートなニュアンスのものだと思うのよ。退屈な授業中にふと思いついた物語をつらつらと書いて、『こんなのが書けるなんてあたしすごいなぁ』って自画自賛して、でもそのノートは絶対誰にも見せない――みたいなね？　広い世界に打って出ようとする朱音部長や柊君たちは、あたしから見たらちょっと変な人たちだわ」

「ちょっと変な人に変な人って言われてもなぁ……」

しかしそういうもんかと妙に納得もできた。自分一人で書き、自分一人だけで楽しむのならばなんの制約もない。それはそれで一つの楽しみ方なのだろう。実際、石楠花先輩は部の冊子にもあまり小説を載せないらしい。

皆、それぞれに自分の考え方を持っていて、話を聞いてまわるだけでも純粋に面白かった。書き手によって小説との向き合い方は様々ある。文芸部に入って良かったと思った。

だが実際、コンテストの小説をどうすればいいか、という答えは出ていない。

一応、まだ部のなかで話を聞いていないのは副部長の小桜先輩。厳密にはもう一人いるのだが、さすがにそちらには聞けない。なんせ宿敵でライバルの勝負相手だ。

どうしたものか……と考えていた、三日目の夜のこと。

事件は起きた。

現場は神楽坂邸の大浴場。大理石調の壁には獅子のレリーフが設置され、口からお湯を吐き出している。湯船には小島の如くコジャレたアートが様々並び、全体の広さは銭湯かと見違えるほど。

そのなかで海人は恐ろしく追い詰められていた。すぐ隣には浩太の姿もある。心臓が飛び出しそうな胸を押さえ、少年たちは視線を交わす。

「浩太、動くなよ。何があっても絶対に動くなよ……っ」

「海人こそ、絶対にあちらを見るんじゃないぞ。何があっても絶対にだ……っ」

「見るか、馬鹿！　んなことしたら朱音に何されるか分かんねえっての！」

「僕だってこんなところで朱音さんに幻滅されたくない！　絶対に動くものか！」

海人と浩太はそれぞれ、『壺から水を流している乙女の彫像』と『月を模した巨大な竪琴』の後ろに際どい格好で隠れている。

まわりには白い湯気が漂っており、視界は悪い。それでも指一本動かすことはできなかった。見つかれば死ぬ。社会的に抹殺される。なぜならば。

「は～っ、朱音部長のお家の広いお風呂は何度入っても最高ですねー」

「でしょでしょー？　我が家のなかでも一番のお気に入りなのよ、ここは。原稿で疲れた頭にはお風呂がイチバンよ」

朱音と小桜先輩がコジャレたアートの向こうにいるからだ。

二人はすぐそばに男子がいることなど知らず、キャッキャしている。

「あらあらぁ、紗矢ちゃん、ひょっとして……またおっぱい大きくなったんじゃない？」

「……え、分かります？」

「当然よ。毎日しっかりがっつり凝視してるんだから」

「去年から五センチも大きくなっちゃって、そろそろ今のカップじゃキツいかなぁって」

「ほほう？　それじゃあ、お姉さんが手のひらで測ってあげましょう。どれどれぇ？」

「きゃー、朱音部長、手つきがやらしいですってばぁ」

「ふふふ、良いではないか良いではないかぁ！」

「だったらこっちもやり返しちゃいますよ？　朱音部長こそ、去年より大きくなってますよね。えいっ」

「やーん♪　紗矢ちゃんのえっち」

きゃっきゃうふふ、と美女たちの声が響く。湯煙の向こうは桃源郷だった。

合宿中、大浴場は時間制で使っている。夕食後の片付けが終わり、今は男子の時間のはずなのだが……突然、朱音と小桜先輩が入ってきたのだ。

おそらくこちらに気づかず、『男子は使ってないし、いっか』とでも思ったのだろう。

それでもすぐ声を掛けていれば、こうはならなかったかもしれない。

しかし海人と浩太は絶望的に連携が取れていなかった。お互いライバル視し合っている

ので、普段から絶妙にギスギスしており、美女たちが望まぬ客としてやってきた時も『お前が声掛けろよ』『君が言えばいい』と視線でけん制し合い、気づいたらアートを背にして隠れる他なくなってしまった。

反対側からは湯船に浸かったお姉さんたちの声が聞こえてくる。

「はー、楽しい。やっぱり合宿はいいわね。今年はメイド君がいるからご飯の用意もしなくていいし、至れり尽くせりだわぁ」

「またメイド君なんて呼ぶと柊君に怒られちゃいますよ？　それに朱音部長、去年も別に食事当番はしてなかったじゃないですか」

「えー、そうだっけー？」

分かりやすくとぼける朱音。すると小桜先輩が「あ、柊君と言えば……」と思い出したように言う。

「何か悩んでるんですか？　アー子さんたちが柊君に相談事をされたって言ってましたけど」

「ああ、それね。コンテストの小説がカテゴリーエラー気味で、どうするべきか迷ってるのよ。紗矢ちゃんのところにも近いうちいくだろうからアドバイスしてあげて」

「朱音部長は助言してあげないんですか？」

「私はもうしたわ。でもこればっかりは多くの人の意見を聞いた方がいいと思うから」

「なるほど……」

　湯船に沈んで、ぶくぶくと泡立つ音がした。気配からすると、小桜先輩だろう。

「でもわたしはちゃんと助言してあげる自信はないかもです。だってわたしは……もう書くのをやめちゃった側の人間ですから」

え、と思わず浩太と顔を見合わせた。もう一か月近く彩峰荘にいるが、それは初耳だった。確かに思い起こしてみると、小桜先輩が原稿を書いているところは見たことがない。

ちゃぷ、と水音をさせ、朱音が口を開く。

「紗矢ちゃんはもう……書かないの？」

「自分の実力は十分思い知りましたから。わたしは朱音部長の作家道にはついていけません」

穏やかな口調だったが、同時に静かな意思が伝わってくる言葉だった。朱音が「残念」と小さくつぶやく。

ひょっとすると……と海人は悟る。隣の浩太も気づいたらしく、神妙な顔をしていた。

朱音はプロの小説家になるために、同じ道をいく同志を求めている。中学生をスカウトするくらいだ。ここ彩峰荘でもその意思は如何なく発揮されていたことだろう。

だがアー子さんたちと話した感触からすると、朱音と同じ方向を向いている先輩はいないように思えた。皆、それぞれにやりたいことや表現したいことがあり、誰もが別々の道を歩んでいる。

　そのなかで唯一、同じ道を志したのが小桜先輩だったのかもしれない。

　でも彼女はついていけなかった。先輩後輩としての仲はいい。けれど同じ道は進めなかった。


　小桜紗矢。

　彼女は——万が一の時、海人と浩太が辿る未来の姿なのかもしれない。

「わたしが後輩の子たちに言ってあげられることがあるとすれば、たった一つだけ。それは……小説を捨てても生きてはいけるということ」

　白い湯気が舞うなか、幻のように声だけが響く。

「筆を捨てても日々は続く。日々が続けば新しいものもきっと見つかる。自分の価値が書くことだけだなんて思わないで。あなたの可能性はきっとまだまだ無限に広がってるはずだから。……と、わたしから言えるのはこれだけです」

「……優しいわね、紗矢ちゃんは。だから私はあなたに副部長を任せたの」

「書かない副部長なんて、今でもわたしはどうかと思いますけどね」

「いいえ、あなたの生き様は彩峰荘に必要だわ」

　朱音の口調には労わるような響きがあった。聞いていてどこか物哀しい気持ちになる声だった。たとえばもう引退したスポーツ選手といまだ現役の同期が二人きりになったら、こんな雰囲気になるのかもしれない。遠慮や懐古や諦観や愛憎や……色んな感情が入り交じった、独特の淋しい空気がそこにはあった。

「そうだ、朱音部長。せっかく他に誰もいないから、聞いちゃってもいいですか？」

「なあに？」

「結局、柊君と天谷君のどっちが好きなんです？」

「「――っ!?」」

色めき立つ、海人と浩太。あまりにもタイムリーかつピンポイントな話題だった。急なことに動揺し、結果――足を踏み外した。

冗談みたいに大きな水柱が上がった。それも二つ。さすがにバレる。

「えっ!?　今のなに!?　なんですか!?　誰かいるの!?」

「あら？　ひょっとしてこれは……悪い子たちが覗きでもしてた？」

慌てた様子の小桜先輩と、わりと落ち着いている朱音。これはもう隠し通せない。

海人は湯船から顔を出すと同時に叫ぶ。

「逃げるぞ、浩太！」

「えっ!?　しかしわざとではないし、ここは正直に謝るべきじゃないのか……っ」

「あらまあ、本当にいたのね！　学園の二大美女のお風呂を覗き見しようなんて……これはどんなお仕置きをしてもオッケーなパターンねーっ！」

「よし、逃げよう、海人。全力で逃げよう」

朱音がノってきた声を聞き、浩太も瞬時に決断した。

とりあえず小桜先輩の方だけは絶対に見ないようにして、浴槽を駆け抜ける。

「わっ、柊君⁉　天谷君も⁉　ほ、本当にいたっ！」

「すんませんっス！　わざとじゃないんで後でちゃんと詫び入れます！」

大浴場は広く、浴槽だけでも数メートルに及ぶ。波を立てながら駆けていると、背後で朱音が鋭く叫んだ。

「甘いわよっ！　合宿回のお約束のような展開を地でいったことは褒めてあげるけど、この私から逃げられるなんて思わないことね！　食らえ、御用だーっ！」

途端、洗面器が砲弾のように飛んできた。それも連射で。運の悪いことに浩太の後頭部に着弾。

「あいたーっ⁉」

バランスを崩して転倒。水面に思いきり顔面を打ち付けたようだ。

「何やってんだ⁉　立て！　止まるな！　走るんだ！」

素早く腕を引っ張って助け起こす。

「僕はもう駄目だ……っ。海人、もういい。僕のことは置いていけ……！」

「馬鹿野郎⁉　追ってくる朱音は素っ裸だぞ⁉　さすがに置いていけるか！　どうにか根

性見せろ、このムッツリが！」

「ムッツリはやめろと言ってるだろう!?　このヤンキーめーっ！」

目を剥きながらなんとかまた駆け出す、浩太。

とにかくこの場はなんとしてでも逃げ延びて、ほとぼりが冷めるのを待つしかない。脱走兵を爆散させんばかりに飛んでくる洗面器をかいくぐって、脱衣所でどうにか服とメガネを引っ掴み、二人は命からがら風呂場から脱出した。

朱音の追跡から逃れるため、浩太を連れてとにかく家中を走りまわる。

途中、先輩たちに遭遇し、まだ半端に服を引っかけただけの状態だったので、悲鳴の一つも上げられてしまうかと思ったが、みかぽよ先輩は「わお、真っ裸でストリーキング？超ウケる」と大笑いし、アー子さんには「お、男子の裸体のちょうどいい資料発見。撮っていい？」とスマホで撮影され、石楠花先輩は鼻血を噴射して倒れた。

……この部の女子は変な奴ばっかりか！

と海人は叫びたかったが、こっちはこっちで逃げてる最中だ。朱音の両親が仕事で不在なことだけが救いだった。

全速力で駆け続け、それでもとうとう体力の限界がきて、やがて足を止めたのは三階のバルコニー。ガラス扉を開けて外に出ると、涼しい夜風が火照った体を冷ましてくれた。

「あー……っ、さすがにもう走れないぞ！」

浩太が大の字になって寝転ぶ。

「……俺もだ。さすがにここまでくりゃ朱音のことも撒けただろ」

その横に同じように寝そべった。タイルの程よい冷たさが心地良い。見上げた先の星空もずいぶんと綺麗だった。浩太がぽつりとつぶやく。

「まさか文芸部の合宿で全力疾走することになるとは……思いも寄らなかった」

「まったくだぜ。しかも女子の風呂覗くなんてテンプレ付きでな」

「僕は覗いてないぞ？　海人、まさか覗いたのか？」

「覗いてねえよ。覗きたいとはちらっと思ったけどな」

「……最低な奴め」

「待て待て。男なら当然だろ。お前は覗きたくなかったのかよ？」

「もちろんさ。僕は紳士だからな」

「よく言うぜ。正直に言え。本当のところは？」

「……興味がなかったと言えばウソになる」

「それでこそ男だ」

同時に笑いがこぼれた。

全力疾走したせいか、本当に腹の底から笑えてくる。妙な感じだ。一緒に逃げて、連帯感のようなものが生まれたのかもしれない。

「なあ、海人」

星を見上げたまま、何の気なしな口調で浩太が言う。

「まさか今まで気づいてなかったのか？　コンテストのカテゴリーエラーのことを」

「………」

そういえば、さっき朱音が思いっきり小桜先輩に話してたな。隣にいた浩太にも当然聞こえてたわけだ。……だとしても。

「本人に面と向かって訊くか？　俺たちは今や正真正銘の敵同士だろうが」

「僕だってどうかとは思う。しかし聞いてしまったからには無視もできない。……全力の海人に勝たなければ意味がない。そういう戦いだろう、これは？」

「全力のって……バトルモノじゃねえんだから。別に俺は妹を人質に取られた聖騎士でもなければ、怪我を押して試合に出てる拳闘士でもないぞ」

……ただ、聞いてみたいという欲求はだんだんと湧いてきた。

もしも同じ立場の浩太が同じ状況に陥ったら、どうするのか。誘惑に抗えず、覗きの連帯感に任せて、口を開いてみる。

「……お前だったらどうする？」

「僕だったらまずカテゴリーエラーなんてミスはしない。昔からＭＦは愛好している。レーベルカラーなんて考えるまでもなく把握しているさ」

「……素直に聞いた三秒前の俺を全力で殴りたい気分だ」

「しかしまあ、もしもということなら」

浩太が体を起こす。メガネを押し上げ、思案顔になった。

「正直、僕も悩むだろうな。今回、僕らが出す第一回予備審査の締め切りは六月末。今からだと二か月もない。学校に通いながら新作を始めるのはどう考えても現実的じゃないが、かと言って今の海人の純文学みたいな内省的な話はラノべらしくない……やはり全面的に改稿するというのが現実的だろうか」

「改稿？」

「海人の小説はすでに規定文字数には達している。だから既存のストーリーを書き換えて徹底的にラノベらしくするのさ。魔術師のメアリがいるだろう？　あのヒロインをもっと可愛らしくして本筋に絡ませ、主人公シドとの恋愛面を強化する。なんなら第一部を四天王に呪いを掛けられたメアリの命を救う話にしてもいい。それなら二か月弱でも足りるはずだ」

「復讐がどこかにいっちまってるじゃねえか……」

だが確かに現実的な案だ。書きたいものではなく、書くべきものを書く。その観点で言うのなら、浩太の言う案はきっと正しい。

「逆に僕も質問をいいか？」

「なんでも訊けよ。敵から塩をもらっちまったしな」

「さっきの朱音さんと小桜副部長のことだ。君はどう思った？」

「あん？」

視線を向けると、浩太はどこを見るでもなく、バルコニーの先を見つめていた。

「僕は……少し嬉しかった」

「嬉しい？　……どういうことだ？」

意味が分からなかった。

「朱音さんは小説家になるという夢がすべての人だ。だから僕はこうして今、彩峰荘にいる。海人だってそうだろう？　しかし小桜先輩のように書くのをやめても、あんなふうに仲睦まじい関係でいられるんだな……と」

浩太は淡く笑う。

「ほっとしたんだ。ああ、もちろん自分が書かなくなった時の予防線というわけじゃないぞ？　ほらなんというか、朱音さんは書くのをやめたら縁が切れてしまいそうなイメージがあるじゃないか。けれど実際はそんなことはなくて、朱音さんもちゃんと普通に友人を作れる人なんだ……と。そう思って、僕は嬉しくなったよ」

「………」

　こっちも上半身を起こした。

　……違う。浩太の言っていることは根本的に的外れだ。

　こいつは気づかなかったのだろうか。朱音の口調のなかにあった、取り戻せない過去を眺めているような、どうしようもない淋しさに。

「……なあ、浩太」

　まさか……と思い、自然に声が固くなった。

「お前はさ、もしも朱音に出逢ってなかったら、自分の人生はどうなってたと思う？」

「またもしもの話か？」

　緊張気味なこちらの問いかけに対して、浩太の反応は軽かった。

「そうだな、朱音さんに出逢ってなかったら、僕は小説を書いてなかったろうな」

「……っ」

　それはひどく衝撃的な言葉だった。しかしこちらの様子に浩太は気づかない。

「ただラノベやアニメは昔から好きだったから、ひょっとしたらアニメ業界に入るのを目指してたかもしれない。いやでもアニメ業界はブラックだって言うからな……となると普通に公務員とか安定したところに就職して、ラノベやアニメはただの趣味にしておいたりもするかもな。あとは……ああ、そうだ、部活はサッカー部に入ってた可能性もある。小学校の頃からサッカーは好きだったし、普通に入部してたかもな。でもそれがどうかしたのか？」

何食わぬ顔で尋ねられて、眩暈がした。まさかとは思ったが、やはりそうなのか。

「はは……」

愕然とし過ぎて、笑いがこぼれた。

そうか。そうだったのか。

「浩太、お前は……」

ため息と共に言う。

「……人生に選択肢がある奴だったんだな」

柊海人の人生にもしもはない。朱音に出逢い、物語に出逢わなければ、きっととっくの昔に破滅していた。

当たり前のように浩太もそうなのだろうと思っていた。しかし違った。こいつは小説がなくても生きていける。そもそも世界に拒まれてなどいないのだ。

参ったな、と肩を落とす。

正直言って……羨ましい。虚勢を張ることも出来ないほど、純粋に羨ましかった。

浩太はランキングでも上位にいる。

世界に拒まれず、物語にも選ばれて、どんな道でも自由に選択できる。

そんな人間になりたかった。

「まったく不公平だよ。世の中ってのは」

立ち上がり、空を見上げる。

「海人？」

不可解そうに目を瞬き、浩太もつられて立ち上がった。

星空を見上げたまま、毒づく。

「ったくよ……」

バルコニーの柵に背中を預け、またため息。

「本当に不公平だ……。俺には一つしかないのに、なんで他も選べるお前がランキングの上にいて、たった一つに懸けてる俺が負け確定みたいなことになってるんだよ。神様がいるんなら詰め寄って文句を言いたいぜ……」

しかし不思議と苛立ちは湧いてこなかった。あまりにも差があり過ぎて、怒りすら湧いてこない。ストンと落ちるように納得できてしまったのだ。

人間としての可能性という意味において、柊海人は天谷浩太に敵わない。どう足掻いても太刀打ち出来ない。完膚なきまでの敗北だ。……でもきっとそれでいいのだ。

「……負けたよ、浩太」

「は？」

夜空から視線を下ろし、宿敵を見据える。目を丸くしている、無害な顔の宿敵を。

「俺の負けだ。もう色々と勝てる気がしない。お前に挑むなんてあまりに恐れ多くて、今すぐ尻尾巻いて逃げ出したいくらいだ」

「ちょ、ちょっと待て。どうしたんだ、いきなり」

「ただささ……」

動揺する浩太の言葉を聞き流し、ゆっくりと視線に力を込める。

「朱音の隣に相応しいのは俺だ。今、それが確信できた」

神楽坂朱音も小説がなければ生きていけない人間だ。あいつが求めているのは自分と同じ形の人間なのだと思う。けれどそんな歪な存在はそうそういない。なんせ天谷浩太すら違ったのだから。

……ああ、クソ。気づいてしまった。本人にはなんとも思っていないと豪語したのに、もう自分を誤魔化せなくなってしまった。

もしも朱音が浩太とくっついたとしたら、朱音はまた小桜先輩と話していた時のような淋しい思いをすることになる。

なぜなら浩太には神楽坂朱音という人間の本質を理解し得ない。たとえ口で説明したところで、人生に選択肢があった人間に俺たちと同じ気持ちが抱けるはずもないのだから。

朱音に淋しい思いをさせたくない。

もうあんな泣きそうな声で話させたくない。

だから認めるしかない。自分のなかに生まれた、この強い感情は——。

「浩太」

宿敵へ静かに告げる。

「——俺は朱音が好きだ」

「な……っ」

絶句する浩太。

「い、いきなり何を言ってるんだ⁉」

「何を驚いてるんだ？　お前だってそうなんだ。俺だけ違うと思ったか？」

「それはそうだが、しかし……っ」

浩太は激しく視線をさ迷わせる。

「……君が朱音さんの隣に相応しいというのは、どんな根拠があって言ってるんだ？」

「お前には分からないよ」

即答の断言。浩太は「……っ」と言葉を失う。

「俺はお前に敵わない。だけど朱音が好きだから、隣に立てるのは俺だけだから、石に齧りついてでも考えるよ。持たざる者の俺が、すべてを持ってるお前に勝つ方法を……」

たとえば『書きたいものがある』ということすらきっとノイズなのだろう。柊海人の書きたいこと――復讐を中心とした陰々滅々な雰囲気は大多数には受け入れてもらえない。

思い出すのは投稿を始めた頃に気づかせてもらったこと。

物書きは読者の存在に生かされている。ならば作者の『書きたいもの』だけでは駄目なのだろう。読者の『読みたいもの』と作者の『書きたいもの』が合致して、初めて物語に命が吹き込まれるのだ。

その観点で言えば、浩太の作風はどこまでも正しい。ラブコメ好きな浩太がラブコメの好きな読者へ向けて書いている。完璧だ。文句のつけようがない。

心底思う。

浩太のような人間になりたかった。天谷浩太のように生まれてきたら、きっと世界に復讐する話なんて書こうとは思わなかった。

たぶん、もうずっと以前から気づいていたのだと思う。復讐というテーマに固執する自分は決定的に歪んでいる、と。物語で言えば、間違いなく悪役だ。

もしも異世界に転生したならば、主役は浩太。自分は闇堕ちしたライバルと言ったところか。そして最後まで相容れることなく、最終決戦で自分は無残に――。

「そうか……っ。これでいいんだ」

はっとし、口元に手をやる。

「書きたいものを主軸に据える必要はない。……いやもっと言えば、そもそも書きたいものなんて一つじゃないんだ……っ」

目の前が一気に開けたような気がした。

見つけた。進むべき道を。

「見つけたわよ！　覗き魔のイタズラっ子たち！」

思考と重なるようなことを叫び、突然、テラスに赤い髪が舞った。ガラス戸を開き、水滴を滴らせた朱音が駆け込んでくる。ナイトドレスのようなパジャマ姿で、いまだに両手に洗面器を装備していた。

浩太が「――っ!?　朱音さん!?」と目を剥く。

一方、海人は真顔で駆け寄って、朱音を――思いきり抱き締めた。

「朱音、分かったぞ！　俺、分かったんだ！」

「ふえっ!?」

両手から洗面器が落ち、カランコロンッと音を立てた。抱き締められた朱音の頬がどんどん朱色に染まっていく。

「ちょ、えっ、なになに!?　なんで私、海人クンにいきなりハグされてるの!?　年下クンからそういう不意打ちするの、お姉さん、ズルいと思うんだけど!?」

「聞いてくれ、朱音！」

「い、いいから一旦離れなさーいっ。良い子だから！　ね？　ね？」

真っ赤になって胸をぐいぐいと押される。こんなに動揺している朱音は初めてだ。けど構いやしない。つい勢いで抱き締めてしまったが、こいつだって小説絡みでいつも無茶なことを言い出すのだから、お互い様だ。

「答えが見つかった。朱音、俺はもう迷わない」

朱音の肩を抱きながら目を見つめる。そして胸を張って告げた。

「書かなきゃいけないもののなかに、書きたいものが見つかったんだ」

ゴールデンウィーク最後の日。つまりは合宿の最終日。

彩峰荘の部員たちは神楽坂邸のリビングに集められた。壁際には本物の暖炉があり、高級なソファーがいくつもあって、皆それぞれに好きなところに座っている。

最終日なので今日は各部員が合宿での成果を報告することになっていた。上級生たちは冊子の原稿の進捗状況を話し、原稿を出さない石楠花先輩は最近ハマっているシチュを語り出して止められ、小桜先輩は副部長として冊子発行までのスケジュールを改めて説明した。

一年生はまず浩太がどこか浮かない顔で、カクヨムの原稿の進捗を「既定の文字数はクリアしてるし、順調です……」と報告し、次に海人の番となった。

カテゴリーエラーで悩んでいたことは誰もが知るところなので、自然に注目が集まる。

そんななか、さらりと海人は告げた。

「俺はこれまで書いてた小説のエントリーを取り下げて、新作を書き始めた」

皆一斉にざわついた。アー子さんが白衣をはためかせて身を乗り出す。

「これまで書いてたやつって……あの元勇者の復讐モノだよね？　年単位で書いてた長編なのにエントリーやめちゃったの？」

「やめた。もちろん更新はこれからも続ける。読んでくれている読者がいるからな。ただMF用の原稿は新しく用意した。まだ文字数が応募規定に届いてないけど、もう投稿してあるから良かったら読んでみてくれ」

誰もがすぐにスマホを取り出した。まだ序盤の数話しか投稿していないのですぐに読み終え、最初に声を上げたのはみかぽよ先輩。

「うっそ、なにこれ？　今までと別物過ぎて超ウケる。――ラブコメじゃん！」

「ああ。もう復讐はやめることにした」

新作は少年神官と聖女たちのラブコメ。とくに序盤は主人公の神官が年上の聖女たちに振り回され、ラブコメ感が強い。

石楠花先輩がフードを揺らして首を傾げる。

「ねえ、この主人公、誰かに似てない？　なんか天谷ちゃんっぽいような……？」

「そこはノーコメントにしておく。モデルに訴えられたら一発アウトだからな」

「海人クン」

朱音が口を開いた。スマホを木製のテーブルに置き、こちらを見据える。

「いいの？　キミの書きたかったもの、すべてを捨ててしまうことになっても……」

「誰が捨てるって言った？」

「え？」

「後半に勇者シドを出す。世界に復讐しようとする悪役としてな」

物語はこうだ。主人公の神官は悪魔を祓うことを仕事にし、聖女たちと神殿で平和に暮らしている。しかしある時、堕ちた勇者が侵略にやってきて、初めて外の世界を知る。見せつけられるのは悪魔よりもずっと醜い、人間の本性。真に祓うべきは悪魔か、人間か。大切な聖女たちを守るため、少年神官はこの世の闇に立ち向かう。

朱音が「つまり……」とあご先に手を置く。

「ラブコメの導入からバトルモノへ移行していくってこと？」

「バトルモノ自体はカテゴリーエラーにならないだろ？　ラブコメ風の導入で間口を広げて、主人公交代で陰々滅々とした作風も薄めて、書きたかった復讐も悪役として描く。これが俺の思う最適解だ」

「でも悪役ってことは復讐は達成できないわけでしょう？　キミはそれでいいの？」

朱音の問いかけに苦笑で答える。

「復讐なんて望まない自分にも……ちょっと憧れたんだ。だからこれでいい」

浩太のようになりたかった――そんな想いを込めて、復讐を望まない神官の主人公を用意した。もちろん浩太をモデルにして。

同時に自分の自意識から生まれた元勇者の主人公も敵として登場させる。

その二人を物語の後半でぶつける。どっちが勝つかは……書いてみないと分からない。だから書いてみたい。そう『書いてみたい』のだ。

「書かなきゃいけないもののなかに、ちゃんと書きたいものを込めることが出来た。だから悔いはない。そもそも『書きたいものと書くべきもの』の二元論で考える必要なんてなかったんだ。人間は多面的だ。見方を変えれば、新しく表現したいものがちゃんと生まれてくる。俺が書く限り、俺自身の作品の色は必ず出てくるだろうしな。と思うんだが……どうだ、朱音？」

赤い髪を揺らし、彼女は苦笑する。

「上出来よ。言うようになったじゃない。考えてみたら、それって私と――」

「――朱音さんと同じだ」

ぽつり、とつぶやいたのは浩太。スマホを握り締め、こちらを向く。その表情はひどく焦っているように見えた。

「ジャンルを横断して自分の芯を通せる……言わば作家性。それは……朱音さんのスタイルと同じだ」

強く唇を噛み、直後に「しかし！」と声を荒らげた。

「期限はもう二か月もないんだぞ⁉ 応募作には最低でも十万字以上は必要になる。今から新作を書いても到底間に合うはずがない……っ」

「いいえ、間に合うわ」

断言したのは朱音。

「今の海人クンはコンスタントに一時間で五千字書ける。一か月あれば十万字には十分。二か月ならおつりがくるわ」

浩太が息をのみ、アー子さんたちも「へえ……」と感嘆の声を上げた。

「一時間に五千……⁉」

五千字ってそんなに早い方だったのか……？ と思ったが、とりあえず今はいい。

「浩太、見てろよ。こっから俺が巻き返す」

宿敵に啖呵を切った。浩太は言い返すことなく、押し黙る。

「さて」

会話の合間を縫い、朱音が場を締め始めた。

「とりあえずこれで全員分の報告が済んだわね。休み明けからは忙しくなるわよ。夏の冊子はあるし、一年生ズの勝負もあるし、二か月後が楽しみだわ。じゃあ各自、帰り支度をしたらウチの玄関ホールに集合して——って、あら？」

朱音が軽く肩透かしされたような顔になった。突然、スマホの着信音が鳴り響いたからだ。海人のスマホである。

「会議中は切っときなさいよー？」

「す、すまん」

普段、滅多に着信なんてこないので、マナーモードにしていなかった。何かと思って画面を見ると、叔母からだった。

なんだ？　今日帰ることは伝えてあるのに、なんでわざわざ電話なんて……？

朱音が渋い顔をしているが、気になって電話に出た。

「もしもし？」

そのままリビングから出ようとしたものの、その足が途中でぴたりと止まる。泣きじゃくって謝る叔母の声を聞き、耳で聞いた言葉がそのまま口からこぼれた。

深い闇の底から響くように、ぽつりと。

「澪が——救急車で運ばれた？」

第四章　いつか君に僕の物語が届くように

　長いようで短かったゴールデンウィークも終わり、学校が始まった。

　どこかの誰かの身の上に不幸が起こっても、世界は平然とまわり続ける。

　ひょっとすると海人（かいと）が作品のなかで復讐（ふくしゅう）したがっていたのは、世界のそんな在り方だったのかもしれない。……などと本人に言ったら『馬鹿じゃねえの』と言われそうだが。

　益体もないことを考えながら、浩太（こうた）はいつも通りに登校した。そしていつも通りに自分の席に着き、いつも通りに授業を受け、いつも通りに休み時間を過ごす。

　何も変わらない。世界は平然とまわり続ける。

　三限目の休み時間に前の席の達也（たつや）に「浩太、なんか浮かない顔じゃん。どうしたん？」と訊（き）かれたが、どういう返事をしていいか分からなかった。

　部活の知り合いがちょっと大変なことになったらしくて……と話したとして、今自分の胸のなかにある感情を正確に伝えられる気がしなかった。

　曲がりなりにも物語を書いていて、言葉と日々向き合っているというのに、いざとなるとこの様だ。自分の気持ち一つ、胸のなかからすくい上げられない。

　昼休みに海人のクラスにいってみたが、あのやさぐれた雰囲気の長身はどこにも見当たらなかった。そばにいた生徒に訊いてみたら欠席だという。そんな気はしていたが、いざ実際に海人がいないことを確認すると、胸のなかがざわついた。

　ゴールデンウィークの最終日、スマホで連絡を受けた海人は真っ青になって立ち尽くした。通話の相手は親戚の叔母とのことで、預けていた妹さんが大怪我をしたのだという。海人は見たことがないくらい狼狽し、朱音さんに一喝され、どうにか冷静さを取り戻した。朱音さんは何かしらの事情を知っているらしく、タクシーを呼ぶと、海人に付き添って病院へ向かった。

　そうしてごたごたのなかで彩峰荘の合宿は幕を下ろした。昨夜遅く、朱音さんから部の全員宛に『とりあえず海人クンの妹さんは大丈夫。命に別状はないから安心して』というメッセージが届いたが、言及が命にまで及んでいる時点でただ事ではない。

　どうにも落ち着かない気持ちで授業時間を過ごし、ようやく放課後になった。

　達也に「また明日！」と挨拶し、「おいおい、急だなぁ」という声を背中に受け、廊下を急ぐ。

　もちろん目指すのはグラウンドの隅のプレハブ校舎だ。

　部室の扉を開くと、すでにほぼすべての部員が揃っていた。

　小桜先輩がいて、アー子さんがいて、みかぽよ先輩がいて、石楠花先輩がいて……海人はいない。朱音さんもだ。

テーブルは会議の形になっていて浩太が座ると、ほぼ同時に朱音さんがやってきた。

「みんな、揃ってるわね？」

海人以外は……という一瞬浮かんだ言葉は当然、口には出さなかった。

朱音さんは窓際の一番奥の席に座った。静かに両手を組み合わせる。いつものような覇気がない。

「状況を説明するわ。もちろん海人クン本人の了承も得ている。とりあえずは聞いて」

重々しく朱音さんは語り始めた。

「海人クンの家は……ちょっと家庭に問題があってね。普段は彼と……妹の澪ちゃんの二人だけで生活してるの。澪ちゃんには私も何度も会ってる。とてもいい子よ。素直で健気で……海人クンも爪の垢を煎じて飲ませてもらえばいいわ、なんて言ったら、彼はいつも嫌な顔をしてたっけ……。でもなんだかんだで私が澪ちゃんと会うことは嫌じゃなかったみたい。自分の信頼できる人間と会わせるのは、澪ちゃんのためにもなると思ってたんでしょうね」

信頼できる人間、と自分で言えてしまうのが朱音さんだな、と頭の隅で思った。

しかし実際、海人は朱音さんを信頼していたし、それは傍から見ていていつも伝わってきた。

「ただ、父親の方がね……度々、海人クンと澪ちゃんに暴力を振るって、怪我をさせることが何度も会った。最近は鳴りを潜めていたはずなんだけど、今回はその矛先が……澪ちゃんに集中してしまったらしいの」

え、と声が漏れた。

「しかし海人の妹さんは叔母さんのところで預かってもらってたはずでは……」

「ええ」

朱音さんは頷く。

「合宿の間、澪ちゃんは叔母さんのところにいた。父親はたまにしか家に帰らないって話だったから、私も油断していたわ……」

しかし状況は悪い方向に転がってしまった。

朱音さん曰く、ゴールデンウィーク中に父親が柊家に帰ってきたらしい。海人はおろか澪ちゃんもいないことに気づき、父親は激怒。

酔っぱらっていたこともあって、自分の妹――叔母の家に怒鳴り込んだ。

いつもなら海人が盾になるところだった。しかし兄は合宿で不在。叔母や叔父も止めることができず、父親の矛先は幼い娘へ向かってしまった。

叔母夫婦の呼んだ警察に取り押さえられ、父親は現行犯逮捕。澪ちゃんは救急車で病院に搬送された。そして今も入院中だという。

「妹さんの容体は……大丈夫なんですか？」

掠れた声で尋ねたのは小桜先輩。澪ちゃんとの面識はないだろうが、それでも我が事のように哀しんでいた。

「骨をいくつか……ね。命に別状はないけど、きれいに元通りになるまではだいぶ時間が掛かってしまうみたい」

「そんな……」

小桜先輩は今にも泣きそうに声を詰まらせる。浩太は遠慮がちに口を開く。

「朱音さん、それで海人は……？」

「海人クンは……」

珍しく朱音さんは言い淀み、視線をさ迷わせた。こんなに歯切れの悪い朱音さんは見たことがない。嫌な想像が過ぎり、思わず腰が浮く。

「海人はどうしたんですか？　教えて下さい。まさか、ヤケを起こして何か問題でもやらかしたんじゃ……っ」

つい声が大きくなった。しかし次の瞬間、

「誰が問題を起こすって？　人聞きの悪いこと言うんじゃねえよ」

そんな声と共に部室の扉が開いた。

全員の視線がそちらへ向き、「あ……」と声がこぼれる。

「か、海人」

「おう、俺だ」

　そこには何食わぬ顔の海人がいた。ヤンキーのような目つきとやさぐれた雰囲気。最終日に電話を受けた時の狼狽が夢だったかのようにいつも通りの海人だった。

　しかしどう接すればいいか分からず、遠回しな口調で尋ねる。

「大丈夫なのか……？」

「まあ、まるっきり大丈夫って言ったらウソかもな。でもへこんだままでいても仕方ない。なるようになるさ」

　気味が悪いくらい前向きな発言だった。とっさにどう言っていいか迷っていると、小桜先輩が席を立った。

「柊君、何か飲む？　紅茶でもコーヒーでもなんでも淹れるよ」

「ああ、いや小桜先輩、大丈夫ッス。気を遣わないで下さい」

　備え付けのポットの方へいこうとした小桜先輩を海人が止めた。

「用事を済ませたらすぐ退散するんで。だからお茶とかはいらないッス」

「すぐ退散って、でも柊君……」

「いや、いいんだ。本当に」

　そのやり取りを見ていて、違和感を覚えた。海人がやけによそよそしい。小桜先輩に対しては以前から遠慮がちだったが、それにしても妙に気を遣っているように見える。

「えーとだな……」

軽く頭をかき、海人は姿勢を正した。

「小桜副部長、先輩たち、あと浩太も……昨日は悪かった。なんかみっともないとこ見せちまって」

「そんなの気にしないで。朱音部長から事情は聞いたよ。大変だったね、柊君」

小桜先輩を皮切りにして、先輩たちが口々に励ました。当の海人は妙に気恥ずかしそうにしている。違和感はどんどん強くなる。なんだ？　海人は何を考えている……？

「俺は」

ふいに芯の通った声を発し、海人は部室全体に視線を向けた。その視線は部員ひとりひとりを順に見ていく。

「俺は昔からどこにいっても爪弾き者だったんだ。学校でも仕事先でもまわりに馴染めたことなんてなくて、きっと一生、噛み合えない歯車みたいに生きてくんだろうと思ってた。でも……」

一瞬、言葉に詰まった。

「でもこの彩峰荘では違った。朱音も先輩たちも自分勝手で、メチャクチャで、でもだからこそ歯車みたいに噛み合わなくていい。当たり前にここにいていいんだっていつからか思えるようになってた。ここで過ごした一か月は……楽しかった。とても楽しかったんだ」

海人はゆっくりと、自分のなかに刻むように頭を下げた。

「……ありがとう。ここで過ごした日々を俺は一生忘れない」

「いや……」

無意識に口が動いていた。足も勝手に動き、席を立って詰め寄っていく。

「なんだそれは？　何を言ってるんだ、海人。どういう意味なんだ？　まるで……もうこの部にこないみたいな言い方じゃないか」

海人は頭を上げると、困ったような顔をした。

「朱音、まだ言ってなかったのかよ？」

「……当たり前じゃないの。どう言えって言うのよ」

返事をした朱音さんの声はひどく沈んでいた。表情もいつになく暗い。逆に海人の声は場違いなほど明るかった。

「病院でも言ったろ。今回のことでお前に責任なんて何一つない。俺が合宿にきたくて、俺が叔母のとこに澪（みお）を預けたんだ。悪いとすれば……ただ俺と澪の運が悪かっただけなんだよ」

「年下のくせに……格好つけてるつもり？」

「格好ぐらいつけさせてくれ。……最後ぐらいな」

ピクッと反応し、小桜先輩が口を開く。

「柊君、最後って……」

「ああ」

頷き、海人は言った。本当に場違いなほど明るく、なんの陰もなく。

「学校辞めて就職することにした。彩峰荘にくるのもこれで最後だ」

「——なぜ⁉　なぜそんなことになるんだ⁉」

気づけば叫んでいた。

「理解出来ないぞ⁉　なぜ海人が学校を辞めるなんて話になるんだ⁉」

ほとんど喧嘩腰でさらに詰め寄る。しかし海人は冷静だった。

「澪……妹の入院費を稼がなきゃならない。クソ親父はもう塀のなかだ。叔母夫婦にそこまで頼ることもできないしな……それにいい機会だ。もともと高校に進学したのは中卒だと良い働き口がなかったからなんだ。でもその問題も解決した。朱音が近所の工場を紹介してくれたんだ」

「朱音さんが……⁉」

「……ウチのパパの伝手でね。大手の印刷工場よ」

目を伏せて朱音さんが言い、逆に海人は前を向いている。

「本当、ありがてえよ。高卒の待遇で雇ってくれるそうなんだ。これで本当に問題は解決した。澪の入院費は稼げるし、今から働けば将来の学費も心配いらない。けどさ、聞いてくれよ浩太。朱音の奴、ひどいんだぜ？」

まるで気の置けない友人のように冗談めかして肩を叩いてくる。

「俺さ、もしもお前との勝負に負けたら、朱音のところをクビになるって話だったろ？　そうなった時のために予め話を通してた工場なんだってさ。まあ、考えてみればおかしいとは思ってたんだよ。朱音は俺や澪の事情を知ってる。なのに、いきなりクビにして路頭に迷わせるようなことするわけないもんな。……俺が勝った時のこと、負けた時のこと、どっちもちゃんと考えてくれてたんだ。……あー、いやこれひどいって話じゃないな。やっぱ……ありがたいって話だ。朱音の親父さんが予め『ひとり世話になるかも』って話を通してくれてたから、こんなに早く新しい道が見つかったんだから」

「あ、新しい道だって……？」

海人をひどく遠く感じた。今までも考え方や書き方で違いを感じることは多々あった。けれどそれらの比じゃない。

「MFのコンテストはどうするんだ⁉　せっかく新作を書き始めたんだろ⁉　悩んで悩んで、やっと新作でいくって決めたんじゃないのか⁉　それは——」

「あ……」

合間を縫うようにぽつりとつぶやいたのはアー子さん。その目はスマホの画面を見つめていた。

「柊(ひいらぎ)ちゃんのカクヨムのページ……小説がぜんぶ削除されてる。コンテストのエントリーどころか、小説そのものがもう一作もない」

「な……っ!?」

虚を衝(つ)かれ、絶句した。一方、海人(かいと)はなんでもないことのような顔で口を開く。

「ケジメだ。俺はコンテストに出ない。小説自体、もう書かない。だから……すべて削除した。これから忙しくなるからさ。やっぱ仕事に集中しないとな」

似合わない顔で笑う。大人の顔だった。もう覚悟を決めてしまった表情だ。

「…………大丈夫なの？」

か細い糸のような声で尋(たず)ねたのは、朱音(あかね)さんだった。

空気から察するに、海人の決意はすでに聞いていたはずだ。その上で問われた言葉に対して、海人は静かに頷(うなず)いた。

「小桜(こざくら)副部長が言ってたろ？　小説を捨てても生きてはいけるって。その言葉を信じて頑張るさ」

「……そう。なら……送り出すしかないわね」

朱音さんは火の消えたような声で言い、小桜先輩もきゅっと自分の体を抱くようにして目を伏せた。

――今、何かが終わった。

そんな雰囲気を感じて、声を荒らげる。

「僕は納得できません！　海人、学校は辞めたとしても部活にはくればいいじゃないか！　朱音さんだったら許可してくれるはずだ。朱音さん、そうですよね!?」

「……浩太クン。分かってあげて」

「分かりません！　こんなの分かってたまるものか！　……海人は僕の前で言ったんです。プロの小説家になると！　朱音さんの隣に相応しいのは自分だと！　なのにこんな途中退場みたいなこと看過できるものか……っ」

「天谷ちゃん、去る者は追わず……それが物書き同士の不文律だよ」

諭すようにアー子さんが会話に割って入った。

「やる気や才能があっても、書き続けられない人はいくらでもいる。それこそやむに已まれぬ事情でね。仕方のないことなんだよ。創り手は皆、最後には独りだ。引き際は本人しか決められないし、他者が口を挟むべきじゃない。それとも天谷ちゃんはこれからずっと柊ちゃんの妹さんの面倒見てあげられる？　学費や諸々、お世話をしてあげられるの？」

「それは……っ」

「出来ないし、する必要もない。だよね？　だから私たちは意志を尊重し、柊ちゃんを送り出さなきゃいけない。それが同じ物書きとしての矜持だ」

白衣を翻し、アー子さんが視線を向けると、海人は「……あざす」と頭を下げた。

「浩太」

肩に手を置かれた。顔を寄せ、二人にしか聞こえない小声で囁く。

「……ごめんな。あとは託した」

「——っ」

「お前ならいつかきっと届く。俺の分まで……どうか夢を叶えてくれ」

胸が張り裂けそうになった。

……やめてくれ。違うんだ。僕は偽物なんだ。海人がいなければ、夢を語ることなんてできなかった。宿敵に出逢わなければ、小説家を目指すなんて堂々と言えなかった。なのにどうしてこんなことになるんだ。

本物が去り、偽物だけが残ってしまうなんて。

叩かれた肩から全身の力が抜けていくようだった。まるで憑き物が落ちていくように。

「海人、君はズルい……」

「だな。……わりい」

申し訳なさそうに謝り、海人は振り向く。そしてまた謝罪の言葉。

「ごめんな、朱音」

海人の笑みから一瞬、大人の雰囲気が剥がれ落ちた。剥き出しになったのは夢を断たれた子供の、今にも泣きそうな笑い顔。

「世界が拒んでも物語は待っている……あの日のお前の言葉を真実に出来なかった。ひょっとしたら物語は俺のことを待っててくれたのかもしれない。でも俺の方が物語を拒んじまった」

「……いいのよ。代わりにキミは人として正しい選択をした。それは誇るべきことだわ」

「人として正しい選択、か……」

一瞬、海人は顔を歪ませた。どこか嬉しそうで、でもひどく哀しそうだった。

そして背を向ける。ここにあるすべてと決別するように。

「じゃあ、いくわ」

扉に手を掛ける。

「……ああ、そうだ。最後に一つだけ」

振り向かず、背中を向けたままで海人は言った。淡々と、何かのついでのように。

「朱音、俺は——お前のことが好きだった」

「……ごめんなさい」

返事もひどく淡々としたものだった。

「私はどこか壊れている。同じ道をいく人にしか寄り添えない。だから……キミの想いには応えられない」

浩太の時と同じ言葉。しかしあの時にはなかった明確な拒絶だった。

身もふたもない返事を聞き、みかぽよ先輩が「ちょ、部長っち、さすがにこの状況でそれはひどいんじゃ……っ」と口を挟もうとする。

しかし浩太は気づいてしまった。

残酷なまでに言い切った朱音さんが、真っ白になるほど手を握り締めていることを。こんな別れ際であっても彼女は自分を偽らない。いや、偽れない。

海人もそれが分かっていたのだろう。吹っ切れたように肩を竦めた。

「知ってたよ。ったく、どこまでも思い通りになんねえ女だ。でも……お前はそのままでいい。じゃあ、みんな……元気でな」

その言葉を最後に長身の背中が出ていく。すぐに無機質な音がして、扉は閉まった。こうして柊　海人は彩峰荘を去っていった。


彩峰高校に入学してからというもの、放課後は必ず部活に出ていた。

部員は皆、基本的に自分の原稿に向かいつつ、意見が欲しい時は会議を開いて意見を募ったりもする。そんな時、浩太と海人はよく言い合いになったりしていた。

難しいことなんて考えず、ずっと小説漬けでいられた。今にして思えば、それはなんて幸せなことだったのだろう。

日常から誰かが欠けようと、世界は平然とまわり続ける。欠けた部分を埋められないままでも時間は当たり前に過ぎていく。

「浩太ってば、今日も部活いかねえの？」

放課後の一年A組の教室。

クラスメートたちがそれぞれに帰り支度をして出ていくなか、達也が振り向いて尋ねてきた。

「そうだな……」

一応、考えるように間を置き、しかし結局頷いた。

「……ああ。いかない……と思う」

自分でもひどく歯切れの悪い返事だと思う。

「ほーん。そっか」

軽めの頷きをしただけで、達也はそれ以上突っ込んではこなかった。

「んじゃあ、ゲーセンでも寄ってく？」

「……そうだな。いこうか」

「あいよ」

達也が先に立ち、こちらも鞄を持って立ち上がった。

ずっと教室にいるわけにもいかない。家に帰ってもやることはないし、部室にもいかないのなら、達也（たつや）と街で遊んでいた方が気が紛れる。

海人（かいと）が正式に学校を辞め、彩峰荘（あやみねそう）からも去ってから数日が経（た）っていた。この間、浩太（こうた）は彩峰荘に顔を出していない。カクヨムの更新も止まっていて、小説そのものに触れていなかった。

「……こんなこと、いつ以来だろうか」

達也の背中を見ながら独り言をつぶやく。

朱音（あかね）さんに喜んで欲しくて、小学生の頃からずっと書いてきた。高校に入ってからは海人に負けたくない一心でさらに夢中になり、日がな一日、原稿のことを考えていた。

だからこんなふうに小説と距離があるのは子供の頃以来かもしれない。

……意外に生きていけるものなのかもしれないな。

小桜（こざくら）先輩の言っていた通りだ。夢に向き合わなくても時は流れる。粛々と、確実に。

ゲームセンターに到着すると、達也に言われるままガンシューティングゲームの筐体（きょうたい）の前に立った。機械的にトリガーを引いていると、画面の向こうで無数のエフェクトが瞬（またた）き、ゾンビが次々に倒れていく。

「どーよ？　たまにはゲーセンも楽しいべ？」

こちらの倍ぐらいスコアを稼ぎつつ、達也が八重歯を見せる。

ステージチェンジのローディングが始まったので、銃を下ろしながら頷（うなず）いた。

「……ああ、楽しいな。最高だ」

短く答え、また銃を構える。

次のステージが始まった。地下通路の奥からゾンビが矢継ぎ早に現れ、それらを端から撃っていく。上手（うま）く撃破し続ければステージが進んでいく。シンプルでいい。小難しいことなんてない。人生もこうであってほしい。

今の自分は倒すべきゾンビがいきなりどこかへ去ってしまったような状態だ。一体どうすればいいのだろう。銃を撃ってもヒットせず、ステージも進まない。そんなのただのバグだ。クソゲーだ。せめてコンテニューさせてほしい。そうすればきっと次はもっと上手く……いや出来るわけないか。

海人は自分の意志で道を閉ざした。

たとえばコンテニューして入学時に戻れたとしても、自分に出来ることなんてない。結果は変わらないのだ。……本当、もっとシンプルであればいいのに。

「おい浩太っ、リロード！　来てる来てる！　ゾンビに美味（おい）しく頂かれちゃうぞ⁉」

「え？　……あっ！」

物思いに耽（ふけ）っている間にゾンビが目の前にきていた。弾込めが間に合わず、血飛沫（ちしぶき）が上がる。浩太側の画面におどろおどろしいフォントでゲームオーバーの文字が現れた。

「下手クソだなぁ、浩太は」

まだ生きている達也がゲームを続けつつ、からかってくる。

銃を筐体に戻してうな垂れた。

「……だな。僕は下手クソだ」

ぼんやりしているうちにゲームオーバーなんて、まったく馬鹿みたいだ。

「女王陛下先輩となんかあったのか？」

自然な雰囲気で尋ねられ、エフェクトに照らされた級友の横顔を見る。

「……分かるか？」

「分からんわけがあるまいて。あんだけ気張ってた部活にはいかなくなるし、いっつも話してた女王先輩の話題もしなくなったし、あからさま過ぎ」

「……そうか」

「ポエマーになるのは諦めたのか？」

「正しくはポエトだ。いやそれも違うが……」

画面のなかではまだ達也が果敢にゾンビと戦っている。

「……実際のところ、朱音さんと僕の間に何かがあったわけではないんだ。ただ、少し分からなくなってしまって……」

「ふーん」

「僕が見てる世界と朱音さんたちが見てる世界は別物だったのかもしれない。ただ……」

地下通路の先に扉が見えた。

それを眺めながら、自分の心のなかを覗き込む。

「ただ、僕はもっと……」

突然、画面のなかに血飛沫が舞った。横の扉からいきなりゾンビが現れ、達也も噛まれてしまったのだ。「あちゃー」と無念そうに言い、銃が筐体に戻される。

「……んで、なんだっけ？　浩太、今何か言いかけてたよな？」

「いや……」

首を振る。

「……いい。自分でも何が言いたかったのか、分からなくなってしまった」

「ふーむ。青春は複雑怪奇だわなぁ」

達也もコンテニューはしないらしい。これで本当にゲームオーバーだ。

「次はどのゲームをやるんだ？」

横に置いておいた通学鞄を手に取る。しかしふいに達也が意外なことを言った。

「んにゃ、やめとこ。ゲームはここまでだ」

「え、なぜ？」

「悩める少年には時として、ゲームよりもクリアしなくてはならないステージがあるからさ」

芝居掛かった調子でそんなことを言い、一歩後ろに下がる。達也がどいた先、自動ドアの前に赤い髪の美人が立っていた。

「朱音さん……」

走ってきたらしく、やたらと息が切れていて、白い喉には汗が流れている。

「やっと見つけたわ……っ」

大股で朱音さんがこちらに向かってくる。その表情には並々ならぬ威圧感があって近くにいた人々がなんだなんだと道を空ける。その様子はまさしく女王の風格。が、しかし。

「浩太クン、どうして部活にこないのよーっ！」

飛び出したのは拗ねた子供のような大声。周囲の視線を鑑みて、浩太は慌てて店を出ざるを得なかった。

ゲームセンターのあるアーケードを抜け、道なりに進んでいくと、大きめの自然公園に辿り着く。市の緑地計画によって造られた広域公園で、散歩道沿いの花畑が人気のスポットだ。

店先で達也と別れ、ふてくされている朱音さんをどうにか宥めすかし、浩太はここまでやってきた。

花畑の見えるベンチに座ってもらい、缶コーヒーを買ってくる。どうにかこれで機嫌を直して頂ければ……とブラックコーヒーを差し出すと、女王陛下はこれ見よがしに唇を尖らせた。

「やっ」

「えええ、やって……」

子供じゃないんですから。

「そっちの甘いやつをちょうだい。ブラックは浩太クンが飲んで」

「いえ僕はこう見えて甘党だし、苦いのは無理なんです。知ってますよね？　それに朱音さん、いつも部室じゃブラックじゃないですか……」

「私は哀しいことがあった時に限り、甘いココアを心から所望するの。だからそっちちょうだい。苦いのは浩太クンが飲みなさい。部活をサボった罰よ。文句ある？」

「ありますけど……逆らったらごねられそうなので、ないです……」

自分用に買ったココアを仕方なく差し出した。朱音さんは奪い取るように受け取り、プルタブを起こしてちびちびと飲み始める。

いつもの威厳がどこにもない。こんな子供のような朱音さんは初めてだった。

「座れば？　立ってられると落ち着かないわ」

「ああ、はい……」

言われるまま隣に座った。とりあえず手元のブラックコーヒーを持て余していると、朱音(あかね)さんがぽつりと言った。

「……ずっと待ってたのよ。ここ何日か、浩太(こうた)クンがくるのをずっと……」

コーヒーを握り締めて俯(うつむ)いた。

「……すみません」

「浩太クンがきたらなんて声を掛けるべきか、ずっと考えてたんだから。紗矢(さや)ちゃんにも相談して、アー子ちゃんとも作戦を練って……でもいつまで経(た)ってもキミはこないし。とうとう我慢の限界がきてむきーってなって、捜しに出たの」

だからあんなに息を切らせてたのか……とさすがに申し訳なくなった。

「みんなも原稿の手を止めて捜しに出てくれてるわ。紗矢ちゃんなんか普段は使わない校則破りのナナハンバイクまで乗って駆け回ってるんだから」

「え、バイク？　小桜(こざくら)先輩が？」

「そうよ。彩峰荘(あやみねそう)一のスピードスター、泣く子も黙る音速姫、それが小桜紗矢ちゃん副部長なんだから。昔は峠攻めの話ばかり書いてたのよ？」

「い、意外過ぎます……」

あの大人しそうな先輩にそんなトンデモ属性があったなんて……。やはり彩峰荘は一筋縄ではいかない人たちの集まりだった。

ココアをちびりと飲み、朱音さんが恨みがましい目を向けてくる。

「まったく、手間を取らせる悪い子だわ、キミは。……身近な書き手がいなくなると、私、すごいメンタルやられるのよ。海人クンがあんなことになって、今度は浩太クンまでいなくなるなんて……耐えられない。アー子ちゃん曰く、メンタルやられた時の私って拗ねた子供みたいらしいし……本当勘弁してほしいわ。こんな醜態晒すの、紗矢ちゃんの時以来なんだから」

そう言った朱音さんは、少し涙目になっていた。いつも自信満々な女王様がこれでもかと弱っている。ちょっと可愛い……と思ってしまうのは罰当たりだろうか。

「朱音さんはなぜそんなに……」

「仲間に固執するのかって？　当たり前じゃない」

少ししゃくり上げ、朱音さんは涙目のまま言う。

「私たち物書きは最後にはいつも独りよ。『この物語は本当に面白いのかな』って不安に怯える夜も、辛辣な感想にやせ我慢して耐える日々も、書き上がった喜びに震える歓喜の瞬間でさえ、本当の意味で他者と分かち合うことは出来ない」

強く握り締め過ぎたのか、小刻みに震える手がココアの缶をへこませた。

「だから居てほしいの……っ！　決して交わらない平行な道だとしても、見上げれば瞳に映るようなすぐそばに、私と同じように走り続ける誰かが！　触れ合えずとも星のように輝く戦友が！　どうしても居てほしいのよ……っ」

「朱音さん……」

この人は女王のように強くしなやかな人なのだと思っていた。でも違ったのかもしれない。朱音さんはずっとギリギリのところで背伸びし続けているだけなのかもしれない。

だから仲間を求める。気持ちを分かち合うことは出来ないと知りつつも、自分と同じように戦場へ向かう仲間を。

二度の告白の時、朱音さんの返した言葉が脳裏に蘇る。

──壊れている。同じ道をいく人にしか寄り添えない。

今ならその言葉の意味が分かる気がした。

たとえば海人か、もしくは浩太がそばにいて、一緒に切磋琢磨し、やがてプロの小説家になったとしたら、その時こそ朱音さんはちゃんと心を開けるようになるのだろう。

たぶんそれが彼女にとっての本当の理解者なのだ。理解し合えないことを理解し、独りだけど一人じゃないと思える、理想の相手。だからこそ結婚したって構わないとすら思える。

正直、メチャクチャだと思う。小桜先輩がついていけないと言った気持ちも痛いほど分かる。けれど、だとしたら……。

「海人も……」

気づけば、尋ねていた。

「海人も朱音さんと同じような価値観だったんですか？」

「………………」

すぐには返事がこなかった。朱音さんは肩を落とし、手のなかのココアの缶を弄ぶ。やがてそれをベンチに置くと、こっちに右手を向けた。

「そのコーヒー、やっぱりちょうだい」

「……どうぞ」

プルタブを起こし、缶が傾けられる。苦いコーヒーを胃に流し、朱音さんの表情がいつもの大人びたものに戻っていく。

「そうね、海人クンは……」

いつの間にか陽が傾き始めていた。

夕陽が差し込み、花畑を赤く染めている。その景色に溶け込むような色の髪をかき上げて、彼女は目を伏せた。

「海人クンは……私と同じだった。小説がないと生きられない人間だった。彼は私と同じように物語に救われ、そして……」

ゆっくりと開かれた瞼は遠くを見つめる。

「――物語に呪われていた」

「呪われていた？」

眉を寄せる。突拍子もない単語だ。朱音さんは続ける。

「書くことでしか生きる意味を見出せない。書くことでしか自分の存在を肯定出来ない。そういう人間は確かにいるのよ。私たちは書き続けなければならない。これ以外に何も持っていないから」

それが呪い、と唇で囁き、コーヒーの空き缶が放り投げられた。大きな放物線を描き、一瞬夕陽を反射して、ごみ箱へ落ちていく。

「じゃあ、海人はどうなるんです？　書くことでしか生きられないのに、小説をやめてしまったら……」

「分からない。それは私にとって未知の世界だから」

ただ、と言葉は続いた。

「紗矢ちゃん曰く、それでも生きてはいけるらしいわね……」

確かに小桜先輩は言っていた。小説を捨てても生きてはいける、と。そしてそれが後輩たちに言ってあげられる唯一のことだとも。

「海人クンを呪いに巻き込んだのは私よ。だからどこまでも面倒見るつもりだった。一つ一つ技術を教え、丁寧に丁寧に向き合い方を伝え、私の持ち得るすべてを注ぎ込んであげるつもりだった。……でもダメね、結局は彼を予想以上に苦しませることになってしまった」

「後悔……しているんですか？」

「……分からない。二年前、あの秋雨の日、確かに海人クンには救いが必要だった。たとえそれが呪いと不可分なものであったとしても、この子には物語が必要だと思った。でも私は最後まで彼を導いてあげることが出来なかった……っ」

今にも崩れそうな表情になり、朱音さんは顔を覆った。指の間からは涙ではなく、赤い髪がはらはらとこぼれていく。

夕焼けに照らされた、その横顔を見ていて、気づけば拳を握り締めていた。

「もしかして朱音さんは……」

海人のことが好きだったんですか？

思わず出かかった言葉を寸前で飲み込んだ。違う。この人はそんな真っ当なところで生きていない。朱音さんの胸のなかにあるのは好きとか嫌いとかでは言い表せないような、もっと複雑な感情なのだ。

だから呪われている。

物語に呪われている。

彼女はそう信じ、彼もまた同じ価値観で生きていた。

「――おかしいですよ」

我慢しきれず、感情がこぼれた。込められていたのは、自分でも驚くほど強い苛立ち。

拳はさらに強く握られている。

朱音さんが「え……？」と顔を上げた。その瞳を真っ直ぐ見据える。

「言ってることがおかしいです。朱音さんも、海人も……どう考えてもズレている。やっぱり僕は納得出来ない。だって！」

勢いよく立ち上がった。

夕焼けの下、色取り取りの花を背にして、両手を広げる。

これが真実だと信じて、告げた。


「だって――小説は楽しいものなんだから！」


やっと分かった。海人が彩峰荘から出ていこうとした時、なんであんなに納得出来なかったのか。それはとても簡単なことだった。

「小説を書くのは楽しいことです！　自分の考えた世界が書けば書くほどこの世に生まれていくんですよ。こんなに楽しいことってないじゃないですか！　だというのにどうして朱音さんも海人も生きるか死ぬかみたいなところで小説を語るんですか？　そうじゃないでしょ？　自分の考えたキャラクターが格好良く可愛らしく活躍できた時の喜び。いざ書いてみたら見せ場のシーンが想定よりもずっと盛り上がった時の驚き。そしてキャラクターが自分で動き始めた時の高揚感！　小説って楽しいことを詰め込んだ宝箱みたいなものじゃないですか！」

伝われ、と願って朱音さんに語り掛ける。

「物書きは独りなんかじゃありません。誰かに読んでもらえた時点で僕たちはどんな人とも世界を共有出来る。こんなに心と心を通わせられるもの、他にない！　だからお願いです。朱音さんも海人も、もっと――物語の力を信じて！」

風が吹いた。

五月の薫風が花々を揺らし、赤い髪を揺らし、花びらを天高くさらっていく。

朱音さんは茫然とつぶやく。

「キミはすごいわ……」

頬から一滴、涙が流れた。

「光を持ってる……。私や海人クンにはない、眩しい光を……」

「そんな大層なものじゃない。僕は当たり前のことを言っているだけです」

小説が楽しいなんてこと、誰だって知ってる。書き手だって読み手だって、楽しいから小説に手を伸ばすんだ。

むしろそんな当たり前のことも分からずに尻尾を巻いて逃げ出すなんて……海人は愚か

者だ。とんだ大馬鹿野郎だ。

「ああ、本当に腹が立ってきた。駄目だ。もう我慢出来る気がしない」

よし、とあごを引き、ベンチに置いてあったココアを手に取る。

「あ、それ私の飲みかけ……」

「頂きます！」

「え!?　いや別に気にはしないけど……っ」

一気飲みした。手の甲で口元を雑に拭う。

「朱音さん、海人の家の場所は分かりますか？　もしくは働き始めた工場でもいいです」

「もちろん知ってはいるけど……何をする気なの？」

「小桜先輩たちにもお願いしたいことがあります。まずは海人を見つけてほしい。それからもう一つ……」

個別に説明するより皆に伝えてしまった方が話が早い。そう思い、スマホを取り出して先輩たち全員にメッセージを送った。それを見て、朱音さんが目を丸くする。

「浩太クン、キミ、まさか……」

「単純なことです。ちょっとこれから……」

朱音さんのように空き缶を放り投げる。甘いココアの缶は大きく放物線を描いて、

「ひねくれ者の根性を叩き直してきます」

ゴミ箱にジャストミートし、軽やかな音が響き渡った。

むせ返るようなインクの匂い。

熱気とインク臭が充満しやすいので工場内はよく換気されている。夕方には天窓から夕陽(ゆうひ)が差し込んでいたが、日暮れと共に厚い雲が流れてきて、終業時間になる頃には小雨がぱらつく天気になっていた。

「……お先に失礼します」

事務所でタイムカードを押し、挨拶をして、海人は外に出た。

服装はインク汚れのついたつなぎ。荷物は弁当箱とタオルと水筒を入れた、ナップザック。

傘を差すと、雨がビニールを叩く音が無機質に響いてきた。

無数のダクトが通った壁の横を進み、薄暗い街灯の下、家路に就く。

住んでいるのは今も市営住宅だ。叔母はウチにおいでと言ってくれたが、そこまでの迷惑は掛けられない。叔母の旦那のこともあるし、ただでさえ日中、病院にいって澪(みお)の世話を焼いてもらっている。自分まで面倒を掛けるわけにはいかなかった。

澪はずっと気丈に振る舞っている。

包帯だらけの痛々しい姿なのに、見舞いにいくと決して笑顔を絶やさない。

けれど時折、ふっと電池が切れたように表情が無くなることがある。体だけでなく、心の傷が癒えるまでにはきっと長い時間が必要になるだろう。

澪(みお)が心から笑えるようになる日まで、ちゃんと支え続けるには金が必要だ。もう遊んでいる暇なんてない。

幸い、今の工場の環境は悪くなかった。

ラインを流れてきた様々な印刷紙を手元で揃(そろ)え、運ぶ。その繰り返し。同僚との会話は業務上必要な最低限のことだけで、変な軋轢(あつれき)が生まれるような隙もない。淡々と作業をしているだけでよく、心を無にすれば自然に時間が過ぎていく。何も望まなければ安定が手に入る。こんなにありがたいことはない。

「やっと歯車になれたのかもな……」

傘を傾け、耳障りな雨音を聞きながらそんなことをつぶやいた。

社会の歯車にはなりたくない、と教室のクラスメートたちはよく言っていた。しかし海人(かいと)の思いは逆だった。歯車は形が歪(いびつ)だと、他の歯車と噛(か)み合うことが出来ず、捨てられてしまう。

社会の歯車として機能出来ることはそれだけで誇るべき力だ。自分のようなはみ出し者がちゃんと歯車の役目を果たせる日がくるなんて思っていなかった。だから感謝しなくてはならない。

「――叔母さん？　海人だ。今、仕事が終わったよ。澪の様子はどうだった？　――そうか」

工場から離れ、騒音が聞こえなくなってきたところで、叔母に電話を掛けた。澪は相変わらず笑顔を絶やさず、容体も安定しているらしい。

話しながら路地へと入っていく。

ビールケースやポリバケツが乱雑に置かれた、狭い路地裏。少し遠回りになるが、こういう道を通るのが好きだった。灯かりの少ない、暗い道はほっとする。誰の目にも留まらず、闇のなかへ溶けていくような感覚が安心できた。

叔母に短く礼を言って、通話を切った。

するとふと画面の端が気になって指が止まった。

そこにあるのはカクヨムのアプリ。まだアンインストールしていなかった。小説だけでなく、アカウントもすでに削除済みで、アプリだけ残っていてもうなんの意味もないのだが。

「…………」

じっと見ていると、後悔が湧いてきそうになった。

もう書くことはないとしても、小説の全削除までする必要はなかったんじゃないか。投稿したばかりの新作はともかく、元勇者の話には読んでくれていた読者がいた。書いてくれた感想もあった。そのすべてを消してしまうなんて……読者への裏切りだ。

「いや……だからこそ、これでいいんだ」

後悔を振り払うようにスマホをポケットへ突っ込んだ。

途中で物語を放り出すような形になって、読者に幻滅されたかもしれない。憎まれたかもしれない。だからこそ削除しなければならなかった。

もう戻れないことを自分に突きつけるために。

「俺はもう書かない。小説からは足を洗ったんだ……」

「——そうか。だったらもっとすっきりした顔をしたらどうだ？」

突然、誰かの声がした。驚いて傘を上げる。同時、路地の先にヘッドライトが瞬いた。

次いで聞こえるのはバイクのエンジン音。

人影が後部座席から下り、礼を言うように頭を下げる。

そいつはこっちを向くと、やたらと真っ直ぐな目で、さっきの言葉の続きを口にする。

「足を洗ったなんてよくそんな詭弁が言えたものだ。どう見ても未練たらたらの顔じゃないか」

「浩太……」

水滴を滴らせ、路地裏に入ってきたのはかつての同級生。誰に乗せてもらってきたのかは知らないが、レインコートも着ずにバイクに跨っていたらしい。全身ずぶ濡れだった。今も傘一つ差さず、容赦なく雨に打たれている。

「先に君の家に行ったんだがな。まだ帰宅してないようだったから彩峰荘の先輩たちに捜してもらっていたんだ。海人ひとりを見つけるくらい、ワケはなかったさ。結束の勝利ってやつさ」

その足取りは揺らぐことなく、真っ直ぐこちらに向かってくる。

どこか朱音を思わせる、堂々とした態度。無意識に気圧されている自分がいた。

「なんだよ？　今さら俺になんの用だ……っ」

「今さら？　違う。——今からだ！」

ダンッと足を鳴らして距離を詰め、胸倉を掴まれた。

「小説を書け、柊 海人ッ！」

「な……っ」

手から傘が滑り落ちた。泥水が跳ね、冷たい雨が体に打ち付ける。二年前のあの朝のように。

浩太から射るように睨まれる。

「本気を出せば、いつだって書けるはずだ！　仕事に行く前だって、仕事が終わった後だっていい。妹さんの病室で一緒に過ごしながら書くことだって出来るだろう？　執筆時間は自分で作り出すものだ。必要なのはペンと紙だけ。いやアプリがあればスマホだけで投稿することだって出来る。時間も場所も関係ない。それが小説を書くということだ！」

つなぎの襟を引き寄せ、詰め寄る。

「だから書け！　言い訳するな！　書き続けろ！　書きたいという気持ちがあるなら君はその時点で物書きなんだ！」

遠慮のない直線的な言葉。

しかしこれ以上、気圧（けお）されはしなかった。

「言い訳、だと……？」

煮え滾（たぎ）るような怒りが湧いてきていた。

「お前は俺が……書かないための言い訳をしてるって言うのか？」

「違うのか？　違わないだろ？　学校にいってようが働いていようが小説は書ける！　なのにやめると言うなら、それはただの怠け者の言い訳だ！」

「……っ」

眩暈（めまい）がした。こいつは分かっていない。何一つ理解していない。

時間は努力して作るものだなんて、そんなことは分かってる。寝る時間を削るとか移動時間を利用するとか、やりようはいくらでもある。

でも違う。そんな些細（ささい）な問題で、小説をやめようとしたんじゃない。

「てめえは……なんにも知らないくせに」

「ああ、知らないさ！　海人や朱音さんの考え方なんて知ったこっちゃない！　僕は当然のことを言ってるだけだ！」

「俺は……っ」

力任せに浩太を突き飛ばした。

雨は勢いを増し、暗い路地裏で海人は声を荒らげる。

「俺は小説がないと生きていけねえんだよ……っ！　あの日、物語に出逢ったから、どうにかまともでいられたんだ！　だから……っ」

血を吐くように叫ぶ。

「だから半端に距離を置くことなんて出来ねえんだよ！　本気だから……っ。全部懸けてきたから全部捨て去らないと駄目なんだ！　何もかも諦めて屍にならないと、正しい歯車になれねえんだよ……っ！」

突き飛ばされ、浩太は地面に膝をついていた。

前髪に隠れて表情は分からない。ただ皮肉げに口角が上がったことだけは、わずかに見えた。

「朱音さんの言ってた……呪いってやつか」

メガネを外し、ゆらりと立ち上がる。そして拳を握り締めたかと思うと、弾かれるように殴り掛かってきた。

「甘えるなッ！」

鈍い痛みが頬を打ち据えた。

「勝手に思い詰めて、勝手に自己完結して、勝手に自分だけ下りるのか!?　ふざけるな！　そんなの僕は認めないぞ!?」

殴られ、足を踏みしめようとしたところに浩太がそのまま突っ込んできた。慣れない仕事で疲れた体では受け止めきれず、もんどり打って倒れ込む。

泥水が盛大に跳ね、馬乗りになった浩太がさらに叫ぶ。

「君は勝手だ！　僕たちの勝負はどうなる!?」

「俺は書くのをやめたんだ……っ！　勝負なんて知るかよ!?」

「だったら朱音さんのことはどうするんだ!?　君は朱音さんのことが好きなんだろ!?」

「——っ」

一瞬、言葉に詰まった。振り止まない雨雲の下、浩太が必死の形相で睨んでくる。

「僕たち二人のうち、勝った方が朱音さんと結婚する。そういう勝負だったはずだ。下りるって言うのなら、朱音さんのことも諦めるのか？」

馬鹿かこいつは……っ。

それこそ今さらだ。部室で最後に言葉を交わした時、暗黙の了解ですべて伝わったはずだ。なのにどうして今さら……っ。

目を逸らし、苦々しく口を開く。

「……夢は託す。あの時、俺はお前にそう言ったはずだ」

「だから朱音さんも託すと？」

「俺には……朱音の感じてることが分かる」

強い疲労感を覚えながら瞼を閉じた。

柊海人と神楽坂朱音は同じタイプの書き手だ。

小説がないと生きていけない。つまりは小説を生きる糧としている。

それは物語を、物語以外の目的で紡いでるということだ。

書いてるだけで楽しいという時期は確かにあった。しかしそれは閃光のように一瞬で過ぎ去り、気づけば『書くこと』は生きる意味と同義になった。

心の隅には常に強烈な罪悪感がある。物語に救われておきながら、恩を仇で返しているような感覚。だから……。

「……朱音はお前に憧れている」

淡々と言う。

これだけは口にしたくなかった、真の敗北宣言を。

「天谷浩太は純粋な書き手だ。物語を楽しみ、愛し、物語のために物語を書いている。それは神楽坂朱音には出来ないこと」

そして柊 海人にも出来ないこと。

「だからあいつは必要以上にお前に構わない。光に惹かれて燃える蛾のように、自分の罪悪感を直視させせられるからだ。けど俺たちのようなタイプにとって、痛みは力だ。朱音は進み続ける限り、お前の存在を必要とする。だから……」

続く言葉は振り絞るように。

「だから俺は思ったんだよ。お前になら……負けてもいいって」

あれは二年前。

カクヨムのなかの『KOUTA』を差して、朱音は言った。

お気に入りの男の子だと。いつか私すら追い越すかもしれないと。

あの言葉の意味が今ならよく分かる。胸のなかの罪悪感が囁くのだ。純粋な書き手には敵わない。勝てることなどあるわけがないと。きっと朱音も浩太になら負けてもいいと思っている。

「二人とも勘違いをしている」

突然、呆れたように浩太が口を開いた。

「憧れと恋は別だ。朱音さんが好きなのは——海人、君の方だ」

「……なんだと？」

「君たちは自分の心からあまりに目を逸らし過ぎだ。見たくないものからは瞼を閉じて、全部の理由を小説に押しつけてる。だからそんなふうに自分で自分を追い詰めてしまうんだ」

海人、と名を呼び、浩太は言う。

降りしきる雨よりも強く、言葉を突きつけるように。

「――小説に逃げるな」

「……っ」

心の一番弱い部分を抉られた。カッとなって反射的に突き飛ばす。泥水が舞い、今度はこっちが馬乗りになった。

「偉そうに……っ、ふざけんなよ!?　誰も彼もがお前みたいに恵まれた人生じゃねえんだよ!?」

拳を振り上げ、不安定な体勢で殴りつける。

「俺は何も持ってない！　何も選ぶことなんて出来なかった！　小説だけだ。これだけが俺に生きる意味を与えてくれた。お前は違うだろ!?　他にいくらでも道なんてあったんだろ!?　人生に選択肢のあった奴が何も持ってない奴から逃げ道まで奪うな……っ！」

「だったら手離すなよ!?」

手首を掴まれ、強烈な頭突きが打ち込まれた。

「これしかないと思うんだったら簡単に手離すな！　石に齧りついてでもしがみつけよ！　本当はまだ書きたいんだろ⁉」

「……っ」

額に頭突きを食らい、反射的に腰が上がった。間髪を容れずに浩太が体当たりしてきて押し倒される。背後のゴミ捨て場に倒れ込み、残飯が盛大に舞い上がった。

もう一度、刻みつけようとするように浩太が叫ぶ。

「書きたいんだろ⁉」

胸が締め付けられる。息さえ止まりそうなほどに。額の痛みのせいか、それとももっと別の理由か……涙が滲む。そして本音がこぼれた。

「書きてえよ……」

一言こぼしてしまえば、もう駄目だった。

「書きてえよ！　俺はまだまだ書けるんだ……っ！　構想も展開もキャラクターもいくらでも思いつく！　仕事中だって食事中だって寝る時だって、気を抜くと物語が溢れて止まらない……っ。なのになんでこんなことになっちまうんだよ⁉　なんで赦してもらえないんだよ⁉　俺は……っ」

絞り出すように哭いた。

「ただ、この道で生きていきたかっただけなのに……っ」

次の瞬間、浩太の奥歯がギリッと鳴った。

「だから書けって言ってるんだ……っ。何度も言わせるな!?」

胸倉を掴まれた。

「あの新入生勧誘の日、僕が何を感じたか教えてやる！　僕は……自分のことを偽物だと思ったんだ！」

　間近で怒鳴ってくる顔は怒りと苦渋に満ちていた。

「子供の頃からずっと朱音さんの背中を見てきたのに、僕には言えなかった。プロの小説家になるという一言がずっと言えなかったんだ……っ！　だというのに、ぽっと出のヤンキーみたいな奴が当たり前みたいに口にして……っ。だから思ったんだよ。柊海人みたいな書き手が本物なんだ。僕みたいな根性無しは偽物なんだって……っ」

　だが、と叫びは続く。

「僕は逃げなかったぞ!?　自分は偽物だとどれだけ突きつけられても、本物に挑むことから逃げなかった！　人生に選択肢がなかったって？　結構じゃないか！　だから君は真っ直ぐ理想を語れる人間になれたんだろ!?　それ以上、何がいると言うんだ!?」

「違う。俺は本物なんかじゃない……」

汚いゴミ捨て場のなか、本物のゴミになったような感覚で否定する。

「本物は……物語を裏切らない。朱音が言ったんだ。『世界がキミを拒んでも、物語はキミを待っている』って。でも俺は物語を裏切った……っ」

「また呪いの話か⁉」

「救いの話だ！　でも俺は物語に背を向けた。もう戻れない……っ」

「戻れないわけがあるか！　人間はその気になれば何度だってやり直せる！　色んな物語がそう語っている！」

「戻れないんだよ！　戻れなくするために俺は小説を削除したんだ！　読んでくれてた人たちにもう顔向けが出来ない……っ」

「その読んでくれた人たちが——」

今まで一番大きく拳が振り上げられた。

「——戻ってきてほしいって言ってるんだぞ⁉」

「……⁉」

一瞬、虚を衝かれ、不覚にも拳に芯を捉えられた。ゴミの海に叩き込まれ、体が沈む。

ビニールの切れ端や潰れたペットボトルが舞い、雨粒と共に落下していった。

二人分の怒鳴り声が消え、路地裏には雨音だけが響く。

「どういう……意味だ？」

肩で息をし、浩太を睨む。

「今の言葉はどういう意味だ……？　もし出まかせを言ってんのなら……っ」

「出まかせなんかじゃない。物書きはそんな嘘は言わないと分かってるだろ。見ろ」

スマホの画面を突きつけられた。表示されているのはカクヨムのページ。

作者名は『うみんちゅ』。

掲載されているのは——海人の小説だった。

「な……!?」

目を疑った。ペンネームこそ違うが、削除したはずの原稿が再アップされている。勇者の話、神官の話、両方ともある。

「なんだよ、これ……!?」

思わずスマホに齧りついた。

「僕が頼んでやってもらったんだ。朱音さんなら出来ると思ってね。……ほら」

カクヨムの画面が消され、浩太が朱音へコールを掛けた。そのスマホが差し出される。

「『——海人クン？』」

聞こえてきたのは、懐かしい声。

たった数日なのにもうずいぶん昔のことのように思えた。

「朱音、お前、俺の原稿……」

「『……バックアップを取っておいたのよ。二年前、キミが最初に小説を書き上げた時から毎回ね』」

『だってキミはネット初心者だったでしょう？　何かで原稿をロストしてしまった時のためにと思って……ね』」

「最初からずっと……？」

言葉が出なかった。

一体、どれだけ先まで考えていたんだ。一体、どれだけ……。

「『今、みかぽよちゃんたちと部室に集まって復旧作業してるの。新しくアカウントを取って、キミの小説を再アップしてる。一応、それらしい理由も書いといたから』」

それらしい理由……？

自分のスマホを取り出し、さっきのペンネームで検索をかけた。

作者の近況ページに自分が『KAITO』であること、誤ってアカウントを削除してしまい、再登録したという旨が書いてある。……なぜか、ギャルっぽい顔文字と古めかしい文体で。

「『気に入らないなら削除するわ。どう考えても著作権侵害だしね……』」

「ああ」

スマホを持つ手に力を込める。

「だったらすぐに消してくれ。死人の墓を暴くようなことはするな」

もう書かないと決めた。

その決意を覆すことは出来ない。たとえ誰であっても。

「『……分かった。消すわ。私が持ってるバックアップも一緒に。でも——』」

「もう決めたんだ」

朱音の言葉を遮って、通話を切ろうとした。しかし一瞬早く、トンッと浩太の指先がスマホを叩いた。カクヨムが表示されている、海人のスマホだ。指先がスワイプし、ページの続きが表示される。

「僕は言ったはずだ。見ろ、って」

気づけば雨は止みかけていた。雲が穏やかに流れていき、差し込むのは柔らかな月灯かり。

光を得て、画面が鮮やかに明るさを取り戻す。

そこに表示されたのは近況ページのコメント欄。再アップされたばかりのアカウントにコメントがついていた。

『新作楽しみだったんでほっとしました。続き待ってます。神官君の活躍に期待！』

その瞬間、スマホを持つ手が震えた。

目の前のものが信じられない。幻か白昼夢だとしか思えない。

膝から力が抜け、今にも倒れそうになる。

「なんで……」

「なんでじゃない。当たり前のことだ」

浩太から向けられたのは真っ直ぐな、それでいて厳しい眼差し。

「僕は小説も書くが、それ以上に読む方が多いからよく分かる。僕たち読者にとって、作品の続きを読める以上に重要なことなどない。裏切ったとか削除したとか、そんなことはぶっちゃけどうでもいい。まあ、せっかく書いた感想が消えるのは哀しいが……それでも続きが読めなくなることの方が大問題だ。だから思ったのさ。新しいアカウントを作れば、必ず誰かが見つけてくれると。僕も、朱音さんも、先輩たちもそう確信していた。そして、祈りは届いた。――柊海人」

ドンッとつなぎの胸を叩かれた。

「読者が君を待ってるぞ!?」

「……っ」

表情が崩れる。

もう決めたはずだった。

たとえ誰であっても覆せない決意のはずだった。

でも。

だけど。
読者にだけは逆らえない。
物書き(俺たち)は……読者に生かされているから。
画面に映った言葉が胸に染み込んでくる。
──新作楽しみだったんでほっとしました。
その一言に唇が震えた。
──続き待ってます。
その一言で涙が溢(あふ)れた。
──神官君の活躍に期待！
その一言で嗚咽(おえつ)が止まらなくなった。
「う、あ、あ……」
壊れんばかりにスマホを抱き締め、月に吼(ほ)えた。
「あああ……っ！」
狭い路地裏の、狭い空の下に声が響いた。
生き方なんて選べない、選択肢のない人間の泣き声が。
……ああ、なんてことだろう。
この先はきっと、とてつもない苦労と隣り合わせだ。

物語を物語のために使わないという罪悪感は一度離れたことでさらに大きくなる。

ただでさえ慣れない仕事ですり減っているのに、睡眠時間を削れば見る間に疲弊していくだろう。今まで感情的には楽だったこともすべて帳消しになってしまう。仕事に対して早く終われと思い、労働時間がストレスに変わるのも目に見えている。

そうだ。屍（しかばね）のままなら何も感じずにいられた。

すべて忘れたままでいられたら、こんなに楽なことはなかったのに。

思い出してしまった。

血潮が燃えるような生きている実感を。

雨上がりの空が見せる、泣きたくなるような美しさを。

「……浩太（こうた）。朱音（あかね）……分かったよ」

頭上を見上げた。

狭い空、狭い世界に、月灯（あ）かりが差し込んでいる。

二年前のあの日、神楽坂（かぐらざか）朱音は言った。

世界がキミを拒んでも、物語はキミを待っている、と。

あれから二年が経（た）ち、柊（ひいらぎ）海人（かいと）は今こそ悟った。

「……物語は待っていてくれた。俺がどれだけ道に迷っても、変わらずずっと待っていてくれた。そして……」

柔らかな光を浴びて告げる。

涙に濡れた瞳を弓のような笑みに変えて。

「俺は……世界に拒まれてなんていなかった」

「『海人クン……』」

「待っていてくれる読者がいる。頼んでもないお節介を焼いてくれるお前らもいる。だから……」


ゆっくりと立ち上がる。

「もう世界に拒まれてるなんて言えねえよ」

思い起こせば、始まりの言葉は『死にたいのなら小説を書け』だった。

だから今、二度目の始まりを前にして、自分の言葉を口にする。

もうなんのわだかまりもない、屈託のない笑みで。

「書くよ。俺は——生きたいから小説を書くよ」

降り注ぐ光のなか、海人は静かに誓いを立てた。

もう雨は止んでいる。見上げた先には月と星に彩られた、美しい空が広がっていた。


翌日。

浩太はいつもより早く目を覚まし、足早に家を出た。ここ数日の遅れを取り戻すため、朝から部室で原稿をやろうと思ったのだ。

空は青く澄み渡り、早朝の通学路は清々しい空気に満ちている。

公園の横まできた時、前を歩いているのが顔見知りだと気づいた。ナップザックを持ったつなぎの背中。昨日見たばかりなので間違いない。

「海人か？」

「あん？　……浩太？」

振り向いたのは相変わらず人相の悪いヤンキー顔。海人だった。

朝に会うことなど初めてだった。海人が工場勤務になったからか、もしくはこちらが早かったせいかもしれない。方向は同じらしいので、追いついてなんとなく共に歩きだす。

「しかし大変だったな、昨夜は……」

「ああ、本当、よく生きて帰れたもんだと思うぜ……」

路地裏での一件の後、二人は朱音さんの指示で彩峰荘に呼び戻された。そこで催されたのは飲めや歌えやの謎の大宴会。もちろんアルコールなどはないのだが、科学部兼任のアー子さんが持ってきた謎のジュースによって事態はカオス化。

みんな酔っぱらったように真っ赤になって、小桜先輩は暴れだし、みかぽよ先輩は脱ぎだし、石楠花先輩は泣きだし、それらを朱音さんが煽りまくるという地獄絵図が爆誕してしまった。

朱音さん的には海人の帰還を祝うつもりだったのだろうが、暴徒化した先輩たちの対処をする羽目になった身としては軽くトラウマものである。出来れば二度と思い出したくない。

「なあ、海人。学校に戻ってくる気はないか？　もしまたあんな事態になったら、僕はひとりで治める自信がない……」

「頑張れ、学生。社会人の俺は毎日忙しく働いてるから、暴徒の鎮圧をしてる暇なんてないんだ」

ナップザックを背負い直し、海人は気楽そうに笑う。以前はこんなに気安い笑みを見せることはなかった。もう色々と吹っ切れたのだろう。

昨日の宴会の愚痴や最近読んで面白かったラノベのことなど、取り留めもない話をしながら歩き、気づけば学校前の三叉路にきていた。

住宅街のなかに大きな桜の木がぽつんとあり、左に曲がれば彩峰高校に辿り着く。おそらく海人は右に曲がって職場へいくのだろう。

花はとっくの昔に散っていて、今は綺麗な葉桜になっている。

それを見上げ、ふいに海人がぽつりと言った。

「……浩太。一応、ちゃんと礼を言っておく。ありがとな」

「うん？　どうしたんだ、いきなり」

海人が足を止め、こっちもつられて立ち止まった。

葉桜の下、仕事着に身を包んだその姿は、同い年だというのに大人びて見えた。

「振り返ってみれば、なんだかんだで俺の学生生活は悪いものじゃなかった。それは朱音と、そしてお前のおかげだ。感謝してる」

「やめてくれないか。照れくさい」

「まあそう言うなって。たぶん……これが最後だからさ」

「最後？」

何を言ってるんだ、と思った。

確かに海人はもう学校を辞めてしまった。けれどそれで縁が切れるわけじゃない。昨日の宴会は海人の復帰を祝うためのものだし、制服でもなんでも着て学校に潜り込んで部活に出たっていいはずだ。

早口でそう言ったら、海人は困ったように苦笑した。

「普通に不法侵入じゃねえか。そんなこと出来ねえよ。何かあったら職場に迷惑が掛かるからな。……社会人になると、そういう責任も考えなきゃならないんだ」

「それはそうかもしれないが、でも……っ」

はらはらと舞う緑の葉のなかで、海人は目を細める。

「頑張れよ、これからも」

「頑張れって……それは海人もだろ？　違うって言うのか⁉」

「俺も頑張るさ。稼がなきゃならないからな。けどそうじゃなくて、ＭＦのコンテストのことだ」

「は……？」

眉をひそめる。意味が分からなかった。

「それこそ海人もだろう？　だって君はこれからも小説を――」

「ああ、書く。けど現実的な話、今からコンテストに間に合わせようとしたら、間違いなくクオリティが下がる。朱音には書くのが速いって言われたけどさ、慣れない仕事をしながらじゃ、どうしても限界があるんだ。だとすれば俺は……」

一拍置き、しっかりとした声で言った。

「ゆっくりでもちゃんと書いていきたいんだ。読んでくれる人に対して、誠実でいられるように」

そう話す海人の瞳はひどく穏やかだった。

はっと気づく。これが最後。つまり昨日の宴会は復帰を祝うものではなく、海人を送り出すための……送別会だったのだ。

おそらく先輩たちはみんな分かっていた。浩太だけが今ようやく気づいたのだ。

「コンテストには……もう出ないのか？　MFだけじゃなく、他の編集部のコンテストだって今後開かれるはずだ。それらには……」

もう分かった上での問いだった。

思った通り、海人は頷く。

「ちゃんと読み手の声を聞いていきたい。それが俺のこれからの書き方だ」

ああ……と吐息がこぼれた。

海人は見つけたのだ。

……朱音さんや僕とは違う、別の道を。

ウェブ小説を書いていると『こういう展開にしてほしい』や『このキャラにもっと出番を！』というリクエスト的な感想をもらうことがよくある。

非常に嬉しい一方、書きたいことやコンテストの対策など、小説に組み込む要素が多ければ多いほど、すべてのリクエストに応えていくのは難しくなっていく。

だから海人は決めたのだ。自分が何を一番にして続けていくのかを。

それが読み手の声を聞いて書いていくこと。海人のこれまでを思えば、自然だと言える決断だった。

「プロの小説家になることだけがすべてじゃない。忙しい日々のなか、読んでくれる人に楽しんでもらえるように考えながら、少しずつでも丁寧に書いていく。それも小説だ」

そう言い、桜の木を見据えて、海人は右側の坂道に体を向ける。

「だから俺はこっちの道をいく」

それは彩峰荘に向かうのとは別の道。

朱音さんのいない道。

薄暗い路地裏に駆けつけた時とは違う。海人はきちんと光のある方向へいこうとしている。もう止めることは出来ない。

「……分かった。尊重する。しないわけにはいかない。海人の道も……間違いなく小説の在り方の一つだ」

ぎゅっと拳を握り締めた。

桜の木を見据えて、浩太は左側に続く通学路の方を向く。

「僕はこちらにいく。今まで通り、いや今までよりもっと全力で夢を追う」

それは彩峰荘に向かう道。

朱音さんのいる道だ。

海人が柔らかく笑う。これが最後の別れだと決めた顔で。

「浩太、お前に逢えてよかった」

「僕もだ。海人」

俯きそうになるのを必死に堪え、言葉を紡ぐ。

「約束してくれ。どんなに仕事が忙しくても本屋にだけは通うって」

「もちろん通うさ。そうすれば俺はいつか出逢えるんだろ？　仕事帰りにふらりと立ち寄った本屋で、お前の書いた物語に」

「本棚の前で号泣しないでくれよ？」

「はっ、出来るもんなら号泣させてみろっての」

ふわり、と羽のように海人の手が上がる。

「今度こそ」

軽やかな音と共に、背中を押された。

「夢は託した！」

「ああ」

歩きだす。後ろ髪を引かれるような気持ちを振り切って。

「託された……っ」

早朝の陽射し（ひざ）のなかで葉桜が輝いていた。

少年たちはお互いに振り向かず、それぞれの道へと進み始める。

哀（かな）しくはない。哀しいことなどあるものか。

最初の一歩を踏み出したあの日、始まりの葉桜の前に戦友（とも）がいた。そう思い出すだけでこれから先、何があろうと走っていける。

こうして少年たちは綴り始めた。

一歩ずつ刻むように歩んでいく、自分自身の物語を。


やがて夏が近づいた頃、ＭＦ文庫Ｊの第一次予備審査は締め切られた。

選考結果が発表されたのは秋。

カクヨムのＭＦ文庫Ｊ公式ページ。そこには彩峰荘の誰もが知る人物のペンネームが堂々と載っていた。

葉桜の季節を越え、紅葉が色づく頃、ついに花開いたその人物の名は——。

エピローグⅢ　そして、また春がくる

東京の某グランドホテル。

柳眉の間では代表取締役による乾杯の挨拶が終わり、無数の拍手が響いていた。

神楽坂朱音はグラスを近くのテーブルに置くと、こちらを向く。

「ところでキミもプロになってそろそろ何年目だっけ？　三年目？　もうそんなになるのね」

赤毛を揺らし、からかうような視線を向けてくる。

「じゃあ、そろそろ私に告白してこないの？　ねえ——」

スーツの袖をわざとらしく摘まんできて、

「——海人クン？」

朱音がこちらの名を呼んだ。

彼女の高校時代の後輩にして、作家業の後輩でもある、とある作家——柊海人は全力で嫌な顔をし、朱音の手を振り払う。

「ふざけんな。お前、高校の頃、一度俺のことフッてるだろうが」

「あら？　だってあの頃の海人クンはどこの馬の骨とも知れない子だったもの。仕方ないじゃない？」

「どこのっつーか、お前が拾ってきた馬の骨だったろうが」

「でも今は立派な作家さんだし？」

「嫌味か？　嫌味だよな？　嫌味以外の何物でもないよな？」

「まー、アニメ化目前の私からしたら、相変わらずどこかの馬の骨以外の何物でもないけどね！」

「結局、自分の自慢がしたいだけじゃねえか！　……ったく」

今も照明が薄暗いシャンデリアの下、海人は腕組みで不機嫌になる。

どうせ今告白したところでこいつはまたフるに決まっている。結局のところ、神楽坂朱音をものにするには、こいつ以上の作家になるしかないのだ。それがこの三年で学んだ哀しい教訓である。

「はぁ～、私の薬指が淋しいって泣いてるわ～」

わざとらしく言い、薬指で器用に頬をぐりぐりしてくる。もちろん左手だ。ムカつく。すげえムカつく。

「やんなっちゃうわ。これがキミたちの勝負の結果だもんね」

「やんなっちゃうのはこっちだっつーの」

朱音の言うキミたちの勝負とは、かつて柊 海人と天谷浩太が行った、MF文庫Jの新人賞コンテストの勝負だ。入賞し、勝った方が朱音と結婚するという約束だった。

しかしあれから十年近く経(た)った現在も朱音の薬指には結婚指輪的なものは嵌(は)まっていない。これ見よがしに薬指をアピールして嫌味を言ってはくるものの、いまだにこの女は独身である。

というのもあの時、二人の少年はどちらも入賞出来なかった。海人は工場勤務になったことを機会にエントリーを取りやめ、浩太も予備審査の三次選考までは通過したものの、結局惜しくも入賞には至らなかった。

それだけならまだ青春時代のほろ苦い思い出ということで胸に収められる。

話はここで終わらなかった。

なんと二人と同じ時期の予備審査で彩峰荘(あやみねそう)の部員が入賞し、その年の大賞までかっさらって華々しくデビューしたのだ。

もちろんその部員とは神楽坂朱音である。ペンネームの茜沢神楽(あかねざわかぐら)といえば、今やアニメ化目前と言われる売れっ子作家だ。

「まさか俺たちに勝負をけしかけといて、自分も裏でエントリーしてたとはな……」

当時を思い出すと今でも顔が引きつる。しかし隣の朱音はまったく悪びれない。

「あら、別にこっそりやってたわけじゃないわよ？　カクヨムで私のペンネームを検索すればすぐに分かったことだしね。だいたい、キミたちが悪いのよ。私のことが大好きなくせに私の書くものにはあんまり注目してくれなかったもん」

「なにがもんだ。いい歳して可愛い子ぶるな」

「でも可愛いでしょ？　朱音さんはいつでも美人できれいで可愛いお姉さんなのよん」

きらりん、とポーズをつけてウィンクしてみせる。なまじ顔が良いからそこそこ絵になってるのが憎らしい。

「はいはい、可愛い可愛い」

「何よそのリアクション。海人クン、大人になってから受け流すことを覚えたわよね。可愛くないわ」

「お前なあ……そうやっていつまでもふざけ半分で生きてると、本当に薬指放置のまま二十代終わるぞ？」

「……っ」

意外にクリティカルだったらしい。朱音は沈痛な面持ちで俯いた。そしてぼそっと。

「………………だから早く私に追いついてよね、海人クン。薬指、泣いてるから……」

面倒くせえ奴だな！

変な期待を懸けられ、頭を抱えた。手のなかのグラスをぐっと飲み干す。

「やれやれ……」

酒が美味くない。朱音に変なプレッシャーを掛けられたから……というだけではなく、毎年こうして出版社のパーティーにくると、どこか物哀しい気分になる。あいつが——天谷浩太がどこにもいないことを否が応でも意識させられてしまうから。

結局、浩太と同じ時間を過ごしたのは高一の一か月ほどだった。しかし人生で最も密度の高い一か月だったと思う。

学校を辞め、工場に勤務してからも海人はカクヨムの投稿を続けていた。新人賞などにはエントリーせず、読者の声を大切にしながら、楽しんでもらえる物語を心がけていた。

いつの間にか、工場での休憩中に同僚から『休みの日は何をしているんだい？』と訊かれたら、自然に『趣味で小説を書いてます』なんて笑って答えるようにもなっていた。

流れが変わったのは就職してから数年が経った頃。

ウェブ小説には書籍化という可能性がある。大切に書き続けていた新作の一つにその書籍化の話が舞い込んできたのだ。

人生、何が起こるか分からない。

迷った末、数年ぶりに朱音に連絡を取った。すると、なんとその日のうちに部屋に駆け込んできて、大号泣で『ばかばかばかっ、ずっと待ってたのよ!?　毎晩毎晩夢にみるくらい、本当にずっと待ってたんだからっ。海人クンのばかーっ！』と言われ、後に引けなくなってしまった。

書籍化の打診を受けてプロになり、今の海人は三年目の兼業作家だ。デビュー作は残念ながら売り上げが伸びず、あえなく爆死。その後も本は出るのだが打ち切りが続き、崖っぷちの作家という立場だった。

ちなみに妹の澪は心の回復に時間が掛かったものの、今ではすっかり元気になり、一緒にワンルームのアパートで暮らしている。今年度で高校を卒業し、春からは看護学校に通う予定だ。

ついでに朱音とも相変わらず仲が良い。最近は兄を差し置いて、二人で買い物にいったりしている。『あーあ、朱音ちゃんが本当のお姉ちゃんになってくれたらいいのになー』なんてことをちょこちょこ言ってきて、妹はどこまで察しているのかと思うと、兄は大変に胃が痛い。

逮捕された父親はしばらくして出所し、今もあの家で暮らしている。どうやら娘に怪我を負わせたことについては後悔の念があるらしく、見る影もなく大人しくなった。

彩峰荘の先輩たちとは朱音を通してまた会うようになった。みんな、相変わらずだ。個人的には小桜先輩がバイク店のオーナーになっていることに度肝を抜かれた。人は見かけによらないにも程があると思う。

ただ、浩太の現在についてだけは、海人はほとんど聞いていない。朱音はおそらく知っているのだろうが、あえて聞かないようにしていた。それが筋だと思った。

一応、アー子さんたちの会話からなんとなく漏れ出てきたこととしては、浩太はあの後も彩峰高校で二年、三年と進級し、プロを目指していたらしい。しかし大学の卒業時期になっても芽が出ず、海人と同じく就職を機会にしてついに諦めたのだという。カクヨムの投稿もその辺りの時期から途絶えていた。趣味としても続けることはせず、完全に小説から足を洗ったのかもしれない。

「ねえ、ひょっとして間違いだと思ってる？　今ここに立っているのが彼ではなくて、自分であることを」

こちらの顔色をチラリと見て、朱音が隣からそんなことを尋ねてきた。

馬鹿言うな。誰が思うか。それはあの日の俺たちへの冒涜だ。……と言い返す言葉はいくつも思いつくことができた。しかしこぼれたのは、勢いのない肯定。

「……まあな」

「歴史にイフはないわ。キミは自分の道を歩んだ末にここにいる。胸を張りなさい」

朱音が新しいグラスでキンッと乾杯してくる。

「柊 海人は物語に選ばれたのよ」

「だとしても……」

自分のグラスをテーブルに置き、視線は周囲へ。

「ここにいる全員が『物語に選ばれた人間』だ」

柳眉の間には数百人の作家たちがいる。

スーツやドレスで正装している者もいれば、ジーンズにTシャツというラフな格好の者もおり、なかには流行りのアニメのコスプレ姿の者もいる。出で立ちは様々だが、全員がプロ作家。辿り着いた者たちだ。

昔、朱音に才能があるみたいなことを言われて書き始めたが、いざプロになってみれば自分など足元にも及ばなかった。ここにいるのは誰もが一騎当千の天才ばかり。凌ぎを削り合うにはあまりに敵が強大過ぎる。

だからここは戦場なのだ。あの頃は朱音の言う『戦場の入口』という意味が分からなかったが、今はもう肌で実感している。日々、プレッシャーで崩れ落ちそうなほどだ。

そんな今だからこそ思う。

もしもここに立っているのが自分ではなく、天谷浩太だったなら。

小説は楽しい、と当たり前のように言えたあいつなら、この戦場も笑って闊歩出来たのではないだろうか。

才能と素質は違う。きっとここで戦えるのは浩太の方だった。だとすれば……。

「……なあ、朱音」

「また打ち切りになったんですって？」

まるで気持ちを読んだように先回りされた。

知ってたのか……。

朱音の言う通りだった。またシリーズを続けられず、一巻で打ち切りになった。何か月もかけて構想を固め、精魂込めて書き上げても、売り上げが伸びなければ一瞬で泡になって消えてしまう。

読者の声がいつだって支えてくれるが、それでも敗北が重なる度に心は擦り切れ、摩耗していく。

「キミは今、打ちのめされて心が弱ってるのよ。あとで慰めてあげるから、馬鹿なことを考えるのはやめなさい」

「けどさ……」

目を合わせることが出来なかった。暗がりの虚空を見つめて、思う。

妹と家を出て、穏やかな生活は手に入れられた。工場勤めの貯金があるから、澪(みお)を専門学校に通わせてやることも出来る。あの時に目指したものはすべて達成できた。

だからもう十分じゃないだろうか。

もう満足すべきじゃないだろうか。

自分が生み出したいくつかの物語は本という形になって、朱音の部屋の本棚のなかに収まっている。小説を書き始めた頃を思えば、奇跡のようなことだ。

朱音に出逢(であ)い、物語に出逢い、浩太に出逢ったから、生まれた本がある。

だから。

天谷浩太（あまやこうた）が筆を折り、柊海人（ひいらぎかいと）が戦場に背を向け……俺たちが消えても、あれらの物語が朱音（あかね）の本棚にあったなら、それはあの高校時代の一か月がこの世にあったという確かな証（あかし）になる。ならば……。

「海人クン、しっかりしなさい」

強めに肩を掴（つか）まれた。しかし一度傾いた心は止まらない。

「俺は浩太とは違う。たぶん俺は戦場で生き残ることは出来ない人間だったんだ。だからもう……」

そうして折れた心が言葉として形になろうとした、その時。

ふいに壇上の司会者が告げた。

「続いて今年の受賞者挨拶に移ります。代表しまして、大賞の――ＫＯＵＴＡ（コウタ）先生、よろしくお願いいたします」

一瞬、耳がおかしなノイズを聞きとがめた。

ＫＯＵＴＡ？　思わず顔を上げる。プロジェクターには各受賞者のペンネーム一覧が表示されていて、映っていたのは見覚えのあるアルファベット五文字。

まさか、と隣の朱音を見る。イタズラを大成功させたチェシャ猫のような、にんまり顔がそこにあった。

「馬鹿なことを言うのは、彼の挨拶を聞いてからでもいいんじゃない？　やっと追いついたっていうのにライバルがそんな調子じゃ泣いちゃうわよ、浩太クン」

そんな言葉と同時に、壇上で挨拶が始まった。

「――学生の頃、同級生に夢を託されました」

どうしようもなく、聞き覚えのある声だった。

「その同級生は突然、学校を辞めてしまって……やむに已まれぬ事情だったのですが、僕はどうしても納得が出来なかった。僕と彼は共に作家の道を志していたんです。僕は彼を捜し出して、路地裏で殴り合いの喧嘩をしました」

おおー……と会場中に感心したような声が響いた。小説みたいじゃないか、と皆思ったのだ。受賞者は照れ笑いを浮かべて続ける。

「結局、彼は学校を辞めて、僕の前から去りました。夢を託す、という言葉を残して。しかしその後、腹立しいことに大逆転で彼の方が作家になったんです。反対に僕は就職を機に夢を諦めました」

ほう、とまた会場中がどよめく。皆、興味を惹かれていた。

「その頃はとても大変でした。本屋で彼の本を見つけた時なんて、悔しさで頭が捩じ切れそうになりましたよ。状況的に、好きだった人も同時に諦めなければならなくて、もうどう生きていけばいいかも分からず、ガラにもなく散々荒れて……当時のことを書きだしたら文庫本一冊ぐらいの物語になりそうなほどです。しかし色々あって、結局また戻ってきてしまいました。僕はもう一度、小説を書きたいと思ったんです」

会場のなかのお調子者な誰かが「どうしてだーい？」と尋ねた。受賞者はメガネを押し上げ、唇をつり上げる。

「ライバルのあいつがあまりに不甲斐なかったから」

海人は「……っ」と唇を噛み締めた。

「僕に『夢は託した』なんて言いながら、ちゃっかり作家になったくせに、出す本、出す本みんな打ち切りという残念な有様。しかもどんどん迷走して、作風はブレるわ、刊行ペースは落ちるわ、本当にふざけるなという感じです。僕を抜き去って夢を叶えたはずなのに、共通の先輩に聞いたら『あの子、このままだと折れちゃうかも』だとか。折れる？せっかく作家になったのに？　僕をここまで奮い立たせたのに？　そんなこと、絶対に許さない。──だから言わせて下さい」

受賞者は壇上にセットされたスタンドマイクを握り締め、あろうことか、声の限りに叫んだ。

「見ているか!?」

それはこの会場のどこかにいるライバルへ。

「聞いているか!?」

そしておそらくは、ここまで歩んできた今日までの自分へ。

大賞受賞者は吼える。

「僕は辿り着いたぞ⁉　君のいる戦場に追いついたぞ⁉　分かっているだろうな⁉　勝負はこれからだ！　いいか⁉　僕は、天谷浩太は——」

眩いスポットライトを浴び、告げる。

「——本物になったぞッ！」

「……っ」

嗚咽がこぼれそうになった。俯いた途端、瞳からとめどなく雫がこぼれ出す。

なんてことだ。来やがった。辿り着きやがった。

学生時代のライバル。

天谷浩太。

自分を偽者だと言っていたあいつが、ついに本物になって、大賞受賞者という看板まで引っ提げて戻ってきやがった。

隣で朱音が心底楽しそうな顔をする。

「さあ、どうするの？　さっきキミ、『俺はもう限界だ』みたいなこと言いかけてたけれど？」

「くそ……っ」

完全にしてやられた。感情の乱高下で涙腺が壊れてしまったのか、目から汗が止まらない。必死に目じりを拭うが、みっともなくて死にそうだ。

　すると突然、目の前に人影が立った。伏せていた顔を上げ、息をのむ。

「やあ、柊君」

「か、神楽坂さん……っ」

　そこにいたのは細身でシャープな印象の男性。五十代前後の見た目で、海人とは比べ物にならないほど高級なスーツを着ている。

　朱音の父親にして、先ほど挨拶をしていた取締役社長だ。海人にとってはメイド君と呼ばれていた時代の正式な雇用主であり、曲がりなりにも惚れた女の父親であり、作家としては編集長よりさらに高みにいる雲の上の人物でもある。

「す、すみません、みっともないところを……っ」

　慌てて目じりを擦る。ヤバい、死にたい。目玉をえぐり出したい。しかし神楽坂社長は微笑でやんわりとそれを止めた。

「いいよ、そのままで」

「けど……っ」

「ここをどこだと思ってるんだい？　物語に人生を捧げた修羅共が巣食う、戦場のど真ん中だよ？　君の涙の理由に興味を惹かれこそすれ、みっともないと思う者などひとりもいないよ」

そう言われて周囲を見回し、思わず苦笑してしまった。

本当だ。大の男が突然涙腺をおかしくしたというのに、奇異な視線を向ける者がひとりもいない。むしろ誰もが興味深そうにチラチラとこちらを窺い、『どうしたんだい？』という妙な温かさに満ちていた。

本当に笑ってしまう。もしも学生時代に教室や配達所で泣いたりしたら、途端に気味悪がられていたことだろう。あの頃は弱音を吐くことなんて許されなかった。

でも今は違う。この戦場では心のままに泣いていいのだ。

「さて、柊君。思うに君の涙の理由は、あの壇上の彼にあると思うのだが、どうかな？」

「その通りよ、パパ！　今この瞬間は終生のライバル同士の再会シーンなの！」

すかさず朱音が父親のそばに駆け寄り、腕を組んで報告した。

「なんと！　であれば彩りを添えなくては！」

「大賛成！」

「いやあの……っ」

恐ろしいことにこの二人、完全に似た者親子なのである。

壮絶に嫌な予感がした。……が予想に反して、向けられたのは粋な計らいだった。目の前に差し出されたのは一本のマイク。先ほど社長が挨拶で使っていたもののようだ。

「柊君、壇上であれだけ啖呵を切られたんだ。ここは一つ、君も男としてガツンと言い返すべきじゃないかな？」

　驚いた。だって厳かな式の最中だぞ？

「い、いいんですか？」

「言ったろ？　ここにいるのは物語に人生を捧げた修羅共だ。こんな展開は大好物だよ。さあ、生意気な新人に活を入れてやりなさい」

ダンディーな中年男性のウィンクは、やたらと様になっていた。

朱音がマイクを受け取り、半ば無理やりこちらに持たせる。ぎゅっと手を握りながら。

「社長のお墨付きよ。思いっきりやっちゃいなさい。上手に出来たらキスぐらいしてあげる♪」

「……何言ってんだよ。ったく」

　しかし気合いが入った。

「なあ、朱音」

マイクを握り締め、八重歯を見せる。

「本当に愉快な戦場だな、ここは。辿り着けて良かったよ」

「私は間違ってなかったでしょ？」

「ああ、感謝してるよ。心の底から」

引きちぎるようにネクタイを外し、壇上を見据えた。

そして腹の底から声を張り上げる。

「おい、お前！　売り上げの『う』の字も知らないひよっ子のくせに本物だと⁉　生意気言ってんじゃねえぞ⁉」

突然の物言いに会場がどよめいた。しかしさすがは現役の作家たち。この啖呵が誰によるものなのか、すぐに気づいて歓声を上げる。壇上では受賞者が不敵に唇をつり上げた。

「一体誰ですか、突然割り込んできたのは？　文句があるなら上がってきたまえ！」

「はっ、上等だ！　先輩作家の俺が礼儀ってやつを教えてやる！」

人波が『よしいけ！』と言うように割れ、海人は勢いよく駆け出した。

目指すのは輝かしいスポットライトの光の下。その足取りは軽く、速く、万雷の拍手のなかを駆け抜ける。

「はは……っ」

走りながら笑みがこぼれた。

戦場は過酷だ。クソしんどいし、日々メンタルをやられるし、小説を嫌いになってしまいそうな時だってある。

でもやっぱりここで生きていきたい。

もう無理だって思っても、気づけば世界と物語と仲間たちがこうして両手を広げてくれている。こんな愉快な場所に背を向けるなんてもったいないさ。

そうだ。

あの日、『生きたいから書く』と決めたことは間違いじゃなかった。間違いだなんて言うものか。

俺はここにいる。今も書いている。戦場の物語は続いている——っ！

「だから——」

ステージへの階段に足を掛けた瞬間、海人はそっとつぶやく。

「——生きるよ、俺は。この場所で」

風に流れるような囁き。

それはきっと、あの日、死にたいと泣いていた自分へ。

そしてどこかで今、あの日の自分と同じような想いを抱えている誰かへ。

新しい『書くべきもの』と『書きたいもの』が見つかった気がした。

もう立ち止まったりしない。

新たな物語の息吹を胸に秘め、宿命のライバルを見据え、柊海人は光の下を目指す。

その眼差しは大海に漕ぎだす旅人のように、眩い未来を信じている。


時が経ち、少年たちは青年になった。

世界に拒まれた柊海人は居場所を見つけ、厳しくも価値ある世界に辿り着いた。

自身を偽物と称した天谷浩太は長い旅路の果て、ついに本物となって物語の真ん中へ降り立った。

重ならないはずだった二つの道は、ここに交差し、人生の第二部が幕を開ける。

戦場に生きる者たちの物語は続いている。

あなたに届けと願って、今日もどこかで紡がれている——。


〈了〉

あとがき

ＭＦ文庫Ｊではははじめまして、永菜葉一です。

実は今、部屋の隅でガクブルしながらキーボードを打っております。というのも今作は身も蓋もなく人生をぶっ込んでしまったので、色々不安で胃が超新星爆発を起こしそうになっていまして、我が胃のせいで地球がベテルギウスしちゃったらすみませぬ。

ラノベ作家モノというジャンルはデビュー当時からずっと書きたかった題材でした。本編でヒロインの朱音も触れていますが、学生時代に素晴らしい作品に出逢い、救われ、作家の道を志したのは、実は私も同じでした。

だからいつか書きたくて、本当に書きたくて、今回、長年の夢だった題材に挑戦させてくれた担当Ｉさんには真剣に感謝しています。ありがとうございます。

今でも覚えているのは打ち合わせの時、私が話のジョイントぐらいの気持ちで「いつかラノベ作家モノやりたいんですよねー」と言ったら、担当Ｉさんが即座に「それ書きましょうよ！」と言ってくれて、私はめちゃくちゃキョドって「い、いいんですか⁉」と三回訊き返したのでした。担当Ｉさんまじ神っす。いつか私が馬鹿売れしたら銀座で豪遊しましょう（笑）

イラストレーターのなび先生にはまさかの全キャラをイラスト化していただき、感謝の

気持ちが超新星爆発しております！（あ、地球がっ）

妹の澪だけでなく、先輩キャラたちまで描いていただけるなんて……っ。そして超絶可愛い！　本当にありがとうございます。

そして本作を読んで下さった皆様へ、深く感謝と御礼申し上げます。

普段なら女の子の可愛さを牽引力にするような箇所も、今回はそういうセオリーを取っ払って書いてしまったので、楽しんでいただけるものになっているか、今も不安でいっぱいだったりするのですが、少しでも楽しい読書のお供になれていましたら幸いです。

それから私などを今も応援して下さる皆様には感謝してもしきれません。本編中、海人がネットのコメントによってもう一度書こうと決意したところ、あれはほぼ実話です。あ、もちろんフィクション部分も多々ありますよ！　とくに新春パーティーの段取りとか同業者の方が見たらツッコミどころ満載なので、関係者各位におかれましてはストーリー上の都合ということで笑って許して下さいませ……っ。どうぞ、どうぞよしなに。

最後にもしも今、この戦場を目指している方が読んでいらっしゃったら。

正直、ここは戦場どころか地獄もかくやという場所で、他に選択肢があるのならマジでやめとけというのが本音なのですが、それでも目指す人は止まらないのだと思います。だから待ってます。生き返れるよ。

永菜葉一

MF文庫J

いつか僕らが消えても、この物語が先輩の本棚にあったなら

2020 年 8 月 25 日　初版発行

著者　永菜葉一

発行者　青柳昌行

発行　株式会社 KADOKAWA
〒 102-8177 東京都千代田区富士見 2-13-3
0570-002-301（ナビダイヤル）

印刷　株式会社廣済堂

製本　株式会社廣済堂

Printed in Japan　ISBN 978-4-04-064804-0 C0193

◇◇◇

※この作品はフィクションです。実在の人物・団体名等とは関係ありません。

【 ファンレター、作品のご感想をお待ちしています 】
〒102-0071 東京都千代田区富士見2-13-12
株式会社KADOKAWA　MF文庫J編集部気付「永菜葉一先生」係　「なび先生」係